雨上がり、君が映す空はきっと美しい
汐見夏衛

イラスト／いちご飴　装丁／北國ヤヨイ

目次

Mokuji

雨《あま》垂《だ》れのリズム

Amadare

＊

外はどしゃ降りだった。

ひさしから落ちてくる雨の滴《しずく》が、窓ガラスに流れて透明な模様をつくっている。まるで深い海の底から水面を見上げているような気分だった。

ぽつ、ぽつ、ぽつ、と規則的な音を立てる雨垂《あまだ》れのリズムに耳を澄ませながら、わたしは無意識に髪の毛を撫《な》でつける。

窓に映る自分はいつだって、ため息が出るほど自分の理想とはかけ離れていた。

腫れぼったい奥二重の瞼《まぶた》、ぼんやりとした薄茶の瞳、すかすかの貧相な睫毛《まつげ》、存在感のない眉、薄すぎる唇、頬に広がる細かいそばかす。

どれもこれもわたしの理想の真逆だ。

そして、癖が強いわりにこしのないくるくるの猫っ毛は、存分に湿気を吸って、どんなに撫でつけたってどうにもならないくらいに膨《ふく》らんでいた。いや、爆発していると言ったほうが正しい。

だからわたしは、雨がきらいだ。

空気はじめじめして、壁も机もべたべたして、それだけでも気が滅入《めい》るのに、ただでさえいつも言うことを聞いてくれないこの髪が、晴れの日よりさらにわがままになって、手の施しようがなくなる。

毎朝、電車の時刻より二時間以上も早起きをしてまで、ヘアアイロンを駆使して必死に伸ばしてなんとか整えた髪が、無情にも一時間もしないうちにうねりはじめる。

雨の日は、いいことなんてひとつもない。

しかも今は梅雨《つゆ》で、毎日毎日雨ばかり。最悪だ。無意識のうちにため息がもれた。

食欲が湧かなくて、お弁当のおかずがなかなか減ってくれない。でも、残すとお母さんから『せっかく作ってあげたのに』と大目玉を食らうことはわかりきっているので、なんとか口の中に詰め込む。

やっとの思いで弁当箱を空にしたわたしは、机の上を片づけたあと、読みかけの文庫本を学生鞄《かばん》から取り出した。

その表紙を、まじまじと眺める。そこには、ぼんやりとなにかを見つめる女の子の美しい横顔があった。映画化記念の限定カバーに、主役に抜擢《ばってき》された水瀬《みなせ》すずかという若手女優の写真が使われているのだ。

ほんと綺麗、と思わず呟く。

つやつやと輝くまっすぐな黒髪。くっきりとした二重瞼の、吸い込まれそうに大きなアーモンド形の目。瞬きのたびに音がしそうな長くて濃い睫毛。光を反射するように透き通った、吹き出物ひとつない滑らかな肌。

まさにわたしの正反対。理想が服を着ている。

いいなあ。こんな容姿に生まれていたら、人生は百倍も千倍も楽しいだろうな。顔立ちはどうしようもないとしても、この生まれつきの赤茶けた髪が、せめて真っ黒なストレートヘアだったら。

彼女の黒髪に宿る天使の輪を指先でなぞりながら、今度は羨望《せんぼう》のため息をついて、二階にある教室の窓からなにげなく外を見下ろす。

瞬間、息が止まりそうなほど激しく心臓が跳ねた。

せんぱい、と吐息で呟く。

窓の向こう、体育館へとつづく一階の渡り廊下を歩いていくうしろ姿だけで、すぐにわかった。背筋はぴんと伸び、足取りも颯爽《さっそう》としている。全校生徒が集まっている中でも、わたしはいつも彼の姿を一瞬で見つけられるのだ。

二年生の、高遠映人《たかとおはると》先輩。

話したことはたったの二回しかないけれど、もう何百回、何千回と一方的に見ている。

誰かに呼ばれたのか、先輩が足を止めてぱっと振り向いた。その顔には、惜しげもない満面の笑みが浮かんでいる。軽く手を挙げて、呼び声に応えるように小さく首を傾けた。

いつも生命の塊みたいに生き生きとして、輝くような笑顔で、まるで希望の光を集めたような人。

同じ学年らしい男子生徒が彼に駆け寄り、少し話をしたあと戻っていった。

先輩はその背中になにか声をかけ、また歩き出そうとしたけれど、すぐに動きを止めた。

その視線の先には、大きな段ボール箱を抱えて先輩のうしろから歩いてくるおじいちゃん先生がいる。

彼はすぐに戻って、にこにこしながら箱を奪い取った。大丈夫大丈夫というように手を振って奪い返そうとする先生を横目に踵《きびす》を返して、すたすたと歩いていく。

明るくて朗らかで、しかも優しいなんて、反則だ。

頬杖のままそんなことを考えながら、先輩がいなくなった渡り廊下をぼんやりと眺めていた。

数分ほど経ったころ、彼がまた姿を現した。どうやら先生の手伝いを終えたらしい。今日はじめて先輩の姿を正面から見られた。その首もとに揺れる一眼レフのカメラ。

先輩はいつもあのカメラを首から下げている。そしてときどき、たぶんなにか食指を動かされるものを見つけたとき、ふいにカメラを構えて撮影するのだ。

「まあーた見てる」

突然声をかけられて顔を上げると、仲良しの永莉《えり》がにやにや笑いながらこちらを見ていた。

わたしはいつも彼女とお弁当を食べているのだけれど、今日は委員会の集まりがあって一緒に食べられなかった。やっと話し合いが終わって、教室に戻ってきたらしい。

「美雨《みう》ってば、いっつも高遠先輩に熱い視線注いでるよね。本当、好きだよね」

わたしは動揺を隠しきれず、もごもごと答える。

「……べつに、好きとかじゃ……。一方的に憧れてるだけだよ」

「それを好きって言うんでしょー」

永莉がけらけらと笑う。わたしはどうにも答えられなくて、無意識にまた窓の外へと目を向ける。

「あ」

思わず声を上げてしまった。つられたように永莉も外を見る。

「あー……」

彼女はすべてを察したような、どこか落胆したような声をもらした。

映人先輩のとなりに、いつの間にか女子の先輩が立っていた。渡り廊下の真ん中で足を止め、彼女が持ってきたらしいプリントをふたりで覗き込んでいる。

宇崎知奈《うざきちな》さん。一年生の間でも、水瀬すずかに似ていて可愛いと有名な彼女は、映人先輩といつも一緒にいる。高校入学当初からずっと付き合っているらしいと、永莉が部活の先輩から情報を仕入れてきてくれた。

知奈さんが映人先輩を見上げる。その拍子に、長い髪が揺れた。聞こえるはずもないのに、さらさらと流れるような音が聞こえた気がした。

彼女はとても髪が綺麗だ。もちろん顔もスタイルもすごくいいけれど、わたしにとっていちばん印象的だったのは髪だった。なめらかに背中のラインに添ってつやつやと光を反射している様子は、見惚《みと》れるほど綺麗。

どんなシャンプーを使ったらあんなに綺麗な髪になれるんだろう。やっぱりサロン専売品とかの高級で特別なヘアケア用品だろうか。同じものを使えば、わたしのこのぱさぱさの髪も少しは潤《うるお》うのだろうか。

うちはシャンプーもコンディショナーもお母さんがスーパーで買ってくる特売品で、わたしには選択権はない。シャンプーなんてどれも同じ、とお母さんは言うけれど、絶対にそんなことはないと思う。

なにを話しているのか、知奈さんが小首をかしげてにこりと笑った。映人先輩も笑顔でうなずく。

まるで映画のワンシーンのようだ。美男美女、お似合いのカップル。その映画には、もちろんわたしの出る幕なんてない。

しばらく話をしたあと、知奈さんが手を振って軽やかに立ち去った。

映人先輩は彼女が姿を消した方向をじっと見つめていた。その目には、今どんな光景が映っているのだろうか。

そのとき彼がぴくりと反応し、首から下げたカメラを手にとった。視線の先に、レンズを向ける。

たぶん、彼女を撮っているのだろう。

本人が知らないところで、そのうしろ姿をこっそりとカメラにおさめるというのが、なんだか最上級の愛情表現のような気がして、胸がじくじくと痛んだ。

わたしなんかから勝手に想いを寄せられて、勝手に見つめられて、あげく勝手に傷つかれて、先輩からしたらいい迷惑、というか気味が悪いだろうな、と憂鬱《ゆううつ》に思う。

もちろん彼はわたしの存在に気づいてすらいないけれど。

先輩はカメラを顔から離し、軽くうつむいて画面に目を落とした。

彼が撮ったのは、雨に煙る空気の中を歩いていく美しい女の子の写真だろうか。いや、やっぱり動画か。どちらにせよ、きっとすごく綺麗なんだろうな。

あの日、一瞬にしてわたしの目と心を奪った美しい映像が、ふいに脳裏に甦《よみがえ》る。

「……よし！」

となりで外を見ていた永莉が、ぱんっと手を叩いた。なになに、と目を向けると同時に、がばっと肩を抱かれる。

「美雨、今日はスタバで豪遊しよ！　フラペチーノのグランデ飲んじゃお！　わたしがおごるよ！」

どうやら傷心のわたしを慰《なぐさ》めてくれるつもりらしい。わたしは笑って「お金は自分で払うけど」と前置きしてからつづけた。

「いいね、行こ行こ」

「いえーい、ケーキも食べちゃお！」

チーズケーキあるかな、と笑いながら、わたしはまた未練がましく窓の外にちらりと視線を投げる。

先輩の姿は、もうなかった。

*

映人先輩と初めて会ったのは、去年の夏のある日、雨の中だった。

今通っている清開《せいかい》高校に、体験入学のために訪れたときのこと。

ほとんど一目惚れだった。

なんの前触れもなく、ふいに強烈な突風に吹かれたように、恋に落ちた。

そのとき中学三年生だったわたしは、学習面でも生活面でも厳しいと言われているこの高校を、本当に受験するつもりはなかった。高校生になってまで服装や髪型についてうるさく指導されたくなかったし、模試の判定でも安全圏とは言いがたかったので、もっと校則が緩くて偏差値的にも無難なところを受けようと思っていた。

でも、お母さんが「清開高校に行けたら将来安心だから、ここを受験しなさい」と言ったので、渋々体験入学に参加したのだ。本当に、渋々だった。言われたからしかたなく。

そんな心境から下調べも適当に済ませてしまったせいか、呆れたことにわたしは、電車を降りて駅から高校に向かう途中で、思いきり道に迷ってしまった。

いくら乗り気ではなかったとはいえ、遅刻となると話は別で、急激な焦りと不安に襲われた。高校の先生に叱られるかもしれない。それが中学の先生に伝わって、親にも知られてしまったら、どうなるだろう。どんなにひどく怒られるだろう。

焦れば焦るほど、パニックでなにもわからなくなる。

さらに不運なことに、迷っているうちにどんどん雲行きのあやしくなってきた空から、とうとう雨まで降ってきた。

ひどい雨だった。傘を差していても横雨でびしょ濡れになってしまうほどのどしゃ降りだった。景色が白く霞《かす》んで、なにも見えなくなった。

周りには誰もいない。どちらに向かって行けばいいのかすら、わからない。

滅亡した世界でたったひとりだけ生き残ってしまったみたいに、心細くて寂しくて、涙がじわじわ込み上げてきた。

もうだめだ、なにもかも終わった。

そんな絶望感に包まれて、道端にしゃがみ込んでうなだれていたときだった。

突然、「こんにちは」という声が降ってきた。

わたしははっと顔を上げた。

どんな雨雲だって一瞬でかき消してしまいそうなほど明るい、太陽みたいな笑顔が、わたしの頭上に輝いていた。

彼は、わたしと同じように雨に降られてびしょ濡れになっているのに、しかも傘もないのに、そんなことはまったく気にならない様子だった。

「もしかして、清開高校の体験入学？」

それが、高遠映人先輩だった。

涙をこらえながらわたしがうなずくと、先輩はふふっと笑った。

「道、わかる？　ちょっと奥まったところにあるから、初めてだと大変だよね。俺も部活があって学校に向かってるとこなんだ、よかったら一緒に行こう」

そう言って先輩は歩き出し、数歩先で振り向いて、「こっちこっち」と手招きをした。

その瞬間、涙腺《るいせん》が崩壊してしまった。必死にこらえていた涙が、誰かの優しさに触れたとたん急にあふれ出してしまうのは、どうしてなんだろう。

わたしは泣いていることに気づかれないように深くうつむいて、涙声で「ありがとうございます」と頭を下げ、先輩のあとを追いかけた。

今思えば、わたしの緊張や不安をやわらげようとしてくれていたのだろう、道中ずっと先輩はにこにこしながら話をしてくれた。好きな映画のこと、おすすめの漫画について。物理の先生の物真似、自分の失敗談。

学校に辿り着いたころには、わたしの涙はすっかり乾き、気がついたら先輩の話に笑い声を上げていた。

雨の冷たさも、濡れた服の不快さも、いろいろなことへの不安も、なにもかも吹き飛んでいた。ただただ、心がぽかぽかとあたたかかった。

校門の前であらためて頭を下げて、「本当にありがとうございました、あとはひとりで大丈夫です」と言ったのに、先輩は「ついでだから」とわざわざ体験入学の受付場所まで案内してくれた。そしてわたしが係の先生からなにか言われる前に、事情を説明してくれた。先生が「それは大変だったね」とうなずいたとき、叱られるかもしれないとびくびくしていたわたしは、安堵で一気に肩の力が抜けたのを覚えている。

「じゃあ、受験勉強がんばってね。応援してるよ」

別れ際、先輩は優しく目を細めてそう言った。

こんなにきらきら輝く瞳で、優しくあたたかく笑う人をわたしは知らない、と思った。

その日の夜からわたしは、「あの人と同じ学校に通いたい」という一心で、死に物狂いで受験勉強をしはじめた。我ながら現金だ。

そして半年後、清開高校の合格通知を手にしたときは、まさに天にも昇るような気持ちだった。あんなに嬉しかったことは、あとにも先にも一度もない。まちがいなく、これまでの人生でいちばんの喜びだった。

そのころはただ、憧れの優しい先輩がいる学校に行きたいというだけで、恋に落ちたなんて自覚はまったくなかったけれど、あのときにはすでに、どうしようもなく好きになっていたのだと思う。

先輩と再会したのは、入学式の日だった。その日もまた雨が降っていた。

初めての電車通学で朝のラッシュに巻き込まれたわたしは、湿気や熱気や、埃っぽい雨のにおいにやられて気分が悪くなってしまい、電車を降りたあともふらふらしていた。

なんとか辿り着いた改札で、鞄の中にあるはずのパスケースをなかなか見つけられなくて、まごついてしまった。うしろのおじさんの舌打ちが聞こえてきてさらに焦り、頭が真っ白になった。

そのとき、誰かがとなりに立って、「大丈夫？」と声をかけてくれた。

映人先輩だった。

「定期が、見つからなくて……」

とたんにばくばくと暴れはじめた心臓の鼓動を感じながら小さく答えると、先輩はあのときと同じ明るい笑みを浮かべて、安心させるようにうなずいてくれた。

「大丈夫、大丈夫。深呼吸して、ゆっくり探せば絶対見つかるよ」

そう言ってもらえた瞬間に、不思議なほど気持ちが落ち着いて、すぐにパスケースを見つけることができ、無事に改札を出られた。

また助けられた、と思った。よかったね、と笑う先輩を見ていたら、おさまったはずの鼓動がまた激しくなって、まっすぐに顔を見られなくなってしまって、うつむいて震える声でお礼を伝えた。

さらに言葉をつづけようとしたとき、「映人！」と呼ぶ声が聞こえてきて、先輩はそれに「おはよ」と応じてから、わたしに「じゃあね」と手を振り、友達のもとへと行ってしまった。

その背中を見つめながら、わたしはしばらく動けなかった。

ただただ、ハルト、という響きを何度も何度も心の中で反芻《はんすう》していた。


次にその姿を見たのは、入学して一週間後の放課後、体育館で行われた部活動紹介のときだった。

〈映画研究部〉の発表の順番になったとき、軽やかな足どりでステージに上がったのが映人先輩だった。

あ、あの人だ。震えがくるほど強く、そう思った。

同じ高校に入ればいつでも会えると思っていたけれど、それは甘い考えで、各学年十クラスもある大規模校の清開では、学年がちがえばほとんど姿を見ることもなかった。

もしかしてこのまま卒業まで先輩に会えなかったりして、と落ち込んでいたところに、突然本人が現れたのだ。思わず「あっ!」と声を上げてしまったのも無理はないと思う。ちなみにこの小さな悲鳴がきっかけで、となりに座っていた永莉にわたしの気持ちを勘づかれることになった。

映研の紹介では、部で制作した短編映画の一部が、体育館のステージ上のスクリーンに映し出された。

それは、びっくりするほど綺麗に晴れた空を、水鉄砲で撃つ映像だった。

真っ青な空に向かって放たれた水滴が、きらきらと光を反射しながら煌めいて、重力に従って落ちていく。その様子がスローモーションで映し出される。

一分にも満たない短い映像だったけれど、本当に綺麗で、ひどく印象的だった。一瞬にしてわたしの心に灼《や》きつけられた。

映像が終わると、先輩はマイクを持って丁寧な口調で話しはじめた。

『これは、去年の文化祭で上映した「空を撃つ」という映画のラストシーンです。ある小説のワンシーンから着想を得て、脚本、演出、撮影、編集、すべて自分たちで行いました。ほんの十五分弱の短編作品ですが、企画から編集までの制作期間は四カ月以上かかってます。大変だけど、すごく楽しいです！　もちろん今年も十月の文化祭に向けて新作を撮る予定です。映画やドラマを観るのが好きな人、写真や動画を撮るのが好きな人、小説や漫画を読むのが好きな人、動画編集が得意な人とかやってみたい人、少しでも興味があったら、ぜひ映研を覗いてみてください。映画もドラマも写真も小説も漫画も動画もぜーんぶきらい、大きらいっていう人も、もちろん大歓迎です！』

先輩が朗らかに言った言葉に、新入生の男子のひとりが反応した。

「えーっ、映画きらいでもいいんですか？　映画研究部なのに？」

先輩は嬉しそうに笑って大きくうなずいた。

『いいんです！　いろんな人がいたほうが絶対、面白い作品が作れるから。映画なんて観ないけど、入りたい部活がなくてどうしようって人がいたら、ぜひ映研に！』

本当に太陽みたいな人だ、と思った。明るい光の塊みたいな、そしてなにもかも包み込むような大きさをもった人。

知れば知るほど先輩の魅力が湧き出てきて、否応なく惹かれる気持ちを抑えようがなかった。

『このあと視聴覚室でこの映画の上映会をやるので、興味をもってくれた人はぜひ観に来てくださいね』

最後にそう言って、先輩はステージから下りた。

わたしは迷わず上映会に行った。先輩の人柄のせいか、マイナーな文化部にしてはけっこうな人数が来ていて、わたしは目立たないようにいちばんうしろの席に座ってこっそりと映画を鑑賞した。

青空、水滴、曇り空、夕暮れ、雨上がりの梢、夜明け前の街。河原に並んで腰を下ろして、朝焼けの空を眺める男女。粉雪の降りしきる並木道を、手をつないで歩いていくふたりのうしろ姿。

印象的なカットが次々とスクリーンに映し出された。

世界を美しく切り取ることに力を注いだ映画なのだと、すぐにわかった。

映像が流れている間、わたしはほとんど瞬きも呼吸も忘れて、ひたすらその美しい世界に魅入っていた。

先輩はすごい人だ、と思った。胸の奥に秘めた炎が、前よりさらに勢いを増して、明々《あかあか》と燃えていた。

でも、上映会が終わって視聴覚室を出る間際、わたしは見てしまったのだ。

映人先輩のとなりで、親しげに肩を寄せ合うようにしてパソコンの画面を覗き込んでいる、綺麗な女の人を。

あとから知ったことだけれど、それが知奈さんだった。

この気持ちには蓋《ふた》をしよう、と決めた瞬間だった。


「べつに諦めなくたっていいのに」

そろそろ本気で諦める、もう先輩を目で追うのはやめる。チーズケーキをフォークでつつきながら呟いたわたしに、永莉が肩をすくめてそう言った。

「こう言っちゃうとあれだけどさ、別れるかもしれないじゃん？　そしたらまだチャンスあるかもしれないじゃん？　だから、無理して諦めなくていいじゃん。そんなに好きなんだから」

でも、とわたしはさらに小さな声で呟く。

「どう見たって……」

勝ち目はない。勝ち負けとかじゃないかもしれないけど。

あんなに綺麗な人と付き合っている映人先輩が、わたしなんかに目を向けてくれるはずがない。先輩は綺麗なものが好きなのだ。人間でも、景色でも。

いや、でも、見た目だけの問題じゃないな、と思い直す。

わたしは自分の地味な容姿も嫌だけれど、内面はもっときらいだ。自分の意見をはっきり言えない気の弱さ、きらわれたくなくて愛想笑いばかりしてしまうところ、卑屈な考え方。

知奈さんはきっと、こんな情けない性格ではないだろう。自分に自信があって、他人の目なんて気にせずに生きていて、悩みなんかとは無縁で、だからいつも心から楽しそうに明るく笑っているのだ。

たとえ万が一、映人先輩が彼女と別れることがあったとしても——あれだけ仲良しなのだから別れるなんてありえないと思うけれど——だからと言ってわたしに順番が回ってくるはずもない。

そもそもわたしは入学式の日以来、先輩と話したことすらない。たった二回、ほんの数分間言葉を交わしただけの地味な一年生のことなんて、先輩はきっともう忘れている。

だから、諦めるしかない。

この恋心は、一生胸の奥底に隠し通して、このままお墓に持っていくのだ。

*

夜、スマホを持ってベッドに入り、タオルケットにくるまりながら、いつものアプリを開く。

眠りにつく前の日課。お風呂に入って課題を終えたあとの一時間ほど、わたしは毎晩〈野いちご〉という小説サイトをチェックする。

ランキング、編集部のおすすめ、新しく完結した作品、それらにざっと目を通して、気になるタイトルがあれば読んでみる。しおりをはさんで本棚に入れておいた作品や、ファン作家さんの更新情報も確認する。

そうこうしていると、一時間なんてあっという間だ。

最後の仕上げに、作家メニューを開く。今まで書いた三作——と言ってもどれも書きかけ、というか、数ページためしに書いてみただけの中途半端な状態で放置してしまっているけれど――のプレビュー数や読者数を一応見てみて、今日も増えてないな、むしろ減ってるのもある……と心の中でため息をついた。

全然更新していないし、未完結のまま何カ月も放ったらかしにしてしまっているので、誰にも読まれないのは当然だ。わたしが読者だとしてもこんな作家の作品は読まない。完結しそうにない作品をいつまでも待ちたくないからだ。

でも、一度くらい、物語を完結させてみたい。最後まで書ききるって、いったいどんな気持ちなんだろう。味わったことのないほどの達成感なんじゃないか。そうは思うものの、なにを書けばいいのかわからない。

いっそのこと、実体験をもとにして書くといいのかもしれない。たとえば、もし今のわたしの気持ちを文字にするとしたら。

新作作成ボタンをタップする。

タイトルの欄に、少し考えてから、『わたしの恋の命日』と打ち込んだ。

それから表紙コメントとして、「今日がわたしの恋の命日。わたしはもうこの恋を諦める」と、思いつきのまま書き連ねてみる。

でも、本文に入る前に手が止まってしまった。

なにも思いつかない。書けない。書いてみたいのに、書き方がわからない。

きっとわたしは、小説を書くなんて向いていないのだろう。読むのは大好きだけれど、だからと言って書けるわけではないのだ。

わたしは思わず、ふっと自嘲的《じちょうてき》な笑みを浮かべて、保存しないままページを閉じた。

雨宿りの放課後

Amayuadori

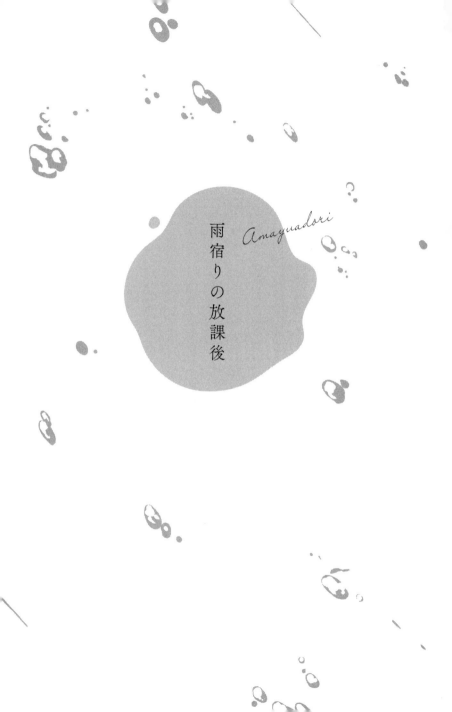

＊

毎朝、鏡を見るのが憂鬱だ。

顔を洗ってふと目を上げたとき、そこに映る自分の顔。起き抜けで血の気がなく、全体的に肌の色が薄いせいか、そばかすがやけに濃く見えて目立つ気がする。

歯磨きをして、きちんと汚れが落ちたか確認するために指先で軽く唇を上げると、八重歯《やえば》が姿を現した。

慌てて口を閉じ、作り笑いをしてみて、ちゃんと歯が隠れているかたしかめる。

これは小学五年生のころからの癖だ。ある日、テレビのお笑い番組を見ながら大笑いしていたら、お母さんに『みっともないわね』と突然言われた。

『美雨は八重歯が目立つから、大口開けて笑わないようにしなさい。歯を見せないように笑うの、できるでしょ?』

それまで自分の八重歯を気にしたことがなかったので、ものすごく衝撃的だったのを今でも鮮明に覚えている。みっともない、という言葉が胸に突き刺さって、『わたしは今までずっと、笑うたびにみんなからそんなふうに思われていたんだろうか』と泣きそうになった。

その日からわたしは、どんなに楽しくても思いきり笑えなくなった。いつも口の開き加減を気にして、自室の鏡の前で必死に練習した『八重歯が見えない笑い方』を心がけながら笑うのだ。

でもそうすると、面白いと思って笑いはじめたはずなのに、なにが面白かったのかまったくわからなくなるのが不思議だ。

胸元のリボンを整えながら視線を落として、スカートのひだが崩れていないかも確認する。

入学前は、せっかく高校生になったのだから、高校デビューとは言わないまでも、スカートを少し短くしたいな、と思っていた。中学三年間は膝がすっぽり隠れる丈で過ごしていたから、高校では短くしてみたいという憧れがあったのだ。

実際、学校に行く前に腰の部分を二回折って膝丈にしてみて、玄関の靴箱の姿見で確認して『なかなか悪くないかも』と思っていた。でも、お母さんに『やめなさい、みっともない』と一蹴《いっしゅう》されて、諦めた。

それに本当は、そばかすを少しでも目立たないようにするために、ファンデーションのような色つきの日焼け止めを使ってみたいなとも思っていたけれど、どうせだめと言われるのはわかっていたから、それも諦めた。

だからせめて、髪型くらいはなんとか可愛くしたい。そう思って、中学のころは短かった髪を、伸ばしはじめたわけだけれど。

タオルで顔を拭《ふ》きながら、鏡の中の自分を見つめる。今日の髪も絶賛爆発中だ。せっかくがんばって伸ばしているのに、長くなればなるほど膨らんでいく髪。ぜんぜん可愛くない。

毎晩寝るときに、なるべく押さえつけながら枕に頭を置くように気をつけているのに、起きたらやっぱりひどく広がってしまっている。本当に、梅雨時期はだめだ。寝癖直しのスプレーをかけて、お母さんのヘアオイルをこっそり少しだけ拝借してなじませ、必死に櫛《くし》で梳《す》いていると、

「いつまでそこにいるの」

呆れたような声が聞こえて、びくりと肩が震えた。

見ると、廊下から口をへの字に曲げたお母さんが顔を覗かせていた。

「早くしなさい、美雨。遅刻するわよ。いくらいじくったって、生まれつきの顔はどうにもならないんだから、諦めなさい」

そう言ってお母さんはおかしそうに笑った。

面白いことを言ったつもりなのだろうか。わたしにはまったく面白くない。

顔はどうにもならないけれど、せめて少しでも見苦しくないように身だしなみくらいは整えたいと思うのが、そんなにだめなのだろうか。

でも、わたしはこくりとうなずく。

「……うん、わかってる。寝癖直してただけ」

「もうお弁当できてるわよ、早く詰めちゃって」

「はい……」

わたしは諦めて櫛を元の場所に戻し、洗面所を出た。

「あ、ねえ美雨、お願いがあるんだけど」

キッチンカウンターに置かれた弁当箱と箸《はし》ケースを保冷バッグに入れていると、洗いもの中のお母さんが早口に話しかけてきた。

「学校の帰りにドラッグストアに寄って、歯磨き粉とシャンプー買ってきてちょうだい。お母さん今日仕事が遅くなりそうで、行けそうにないのよ」

「あ、うん。わかった」

わたしはうなずきながら保冷バッグのジッパーを閉める。お母さんはパートで事務の仕事をしていて、月末など忙しい時期は帰りが遅くなることも多く、そういうときはたまにお使いを頼まれる。

ちらりと時計を見ると、家を出る時間まではあと五分ほどあった。

「よろしくね。いつものやつだからわかるわよね」

お母さんが濡れた手をタオルで拭いて、財布から取り出した千円札をわたしに手渡してくる。

「うん、わかる……」

小さく答えてから、ふっと息を吐き出して心を決め、「あのね」とつづけた。

「えーと、たまには気分変えて、他のシャンプー使ってみたいなー、なんて……。あと、トリートメントも……コンディショナーじゃなくて」

お母さんが怪訝《けげん》そうに眉を寄せながら食器の片付けをはじめる。

「他のシャンプー？ってなによ」

「いや、ほら、最近よくCMしてる……」

お母さんの視線から逃れるようにテレビのほうに目を向けながら、先月発売されたばかりの新商品のヘアケアブランドの名前を口にした。

ついさっきもニュースの合間にコマーシャルが流れていた。水瀬すずかをはじめとした、今人気の若手女優たちがつやつやの髪をなびかせて振り向くさまが印象的で、学校のみんなの間でも何度か話題になった。さっそくそのシャンプーを使ってみたというクラスメイトの女子が、つやが出るしまとまりもよくなったと言っていたのだ。

目を戻してお母さんの顔色を窺《うかが》う。呆れたような表情を向けられていることに気づいて、どきりとした。やっぱりタイミングを見誤ってしまったかもしれない。

「いやあね、もう、色気づいちゃって……」

軽く首を振りながら、お母さんがこれ見よがしのため息をついた。

かっと頬が熱くなる。なに、その言い方。なんでそんな嫌な言い方するの？　わざと傷つけようとしてる？　色気、って。そんなつもりじゃないのに。ただ、この憎たらしい髪を、少しでもましにしたいだけ。

お母さんの言葉はいつも、わたしの胸に深く突き刺さって、いつまでもずきずきと痛む。

でも、わたしは弱々しく首を振ることしかできない。

「……そういう、わけじゃ」

悲しいし腹も立つけれど、言い返して朝から揉めるのも嫌だった。だって、一日中憂鬱な気分になってしまう。

「あんな高いの買わないわよ。一本千円近くするのよ、家族四人で使ったらすぐなくなっちゃうのに。子どもにはわからないだろうけど、千円稼ぐのがどれだけ大変か！どうせ大して効果もないんだから、お金がもったいないわ。あの女優さんたちもね、本当はあんなシャンプーなんて使ってないのよ、芸能人御用達の美容院とかで、何万もするようなトリートメントしてるから、あんなに綺麗な髪になれるの」

そんなのわかってるよ。ただ、今よりもちょっといいものを使ってみたい、ほんの少しでも髪が綺麗になるかもしれないから使ってみたいってだけなのに。なんでそうやってわたしの言うことをなんでも頭から否定するの？

「そもそも、美雨の髪質じゃどんなにいいシャンプー使ったって無駄よ。生まれたときにみんな笑っちゃったくらい、赤ちゃんのころからすごい癖っ毛だもの」

幼稚園のころは髪を結んであげるのもひと苦労で、毎朝毎朝時間かけてね……と愚痴っぽい口調でお母さんが昔話をはじめた。

耳にたこができるくらい聞かされてきた話の上に、また長くなりそうだと判断したわたしは、

「……ごめん、そろそろ出なきゃ」

と切り口上に告げ、千円札を握りしめて小走りで玄関に向かった。


今日は雨が降っていない。

でも、空はどんよりと曇っている。そういえばさっきの天気予報で、昼過ぎから雨になると言っていた。

そのせいか空気はじっとりと湿っていて、肌にまとわりつくように重たい。

今日もまた、この聞き分けの悪い髪と戦う一日になりそうだ。あのシャンプーを使ったら、少しはまとまりやすくなるかもしれないのに。

あーあ、早く大人になりたい。そしてひとり暮らしをしたい。使うシャンプーやトリートメントくらい自分で決めたい。

「はあ……」

いつもの癖で、前髪を右手で何度も押さえながら歩く。電車に乗ってからも、降りてからも、数分に一度は髪を撫でつける。

せめて前髪がくるりとカールしてしまうのだけはなんとかならないだろうか。出来の悪い人形の髪みたいで、本当に嫌だ。

縮毛矯正をかけてみたいと中学生のころから思っているのだけれど、一度お母さんにそれとなくお伺いを立ててみたとき、「どうせすぐとれちゃうんだから時間とお金の無駄よ」と一刀両断されてしまって、それからは口に出す勇気がない。

わたしはお母さんが怖い。高校生にもなって情けないけれど、不機嫌な顔でにらまれると身体がすくんでしまってなにも言えなくなる。

もっと優しくておおらかなお母さんだったらいいのに、と思うこともあるけれど、食事の用意やお弁当作り、掃除や洗濯などすべてやってもらっているのに不満を持つなんて、高望みのしすぎかもしれない。

きっとわたしは恵まれているほうだ。もっとひどい親の元でがんばっている人もたくさんいるんだろうし、ないものねだりをしたってしかたがない。

ちなみにお父さんはわたしとよく似た性格で、気が弱くてお母さんには頭が上がらず、なにか言われても黙ってうなずくだけだ。それで居心地が悪いのだろう、朝早く家を出て夜遅くに帰ってくる。しかも土日は趣味の釣りやキャンプで早朝から家を空けることが多く、存在感が希薄だ。たぶん家にいたくないし、家族にも関心がないのだと思う。

中学生の弟も朝から晩まで部活漬けであまり家にはいないので、我が家はわたしとお母さんふたりだけの時間が多い。そのわたしたちも仲がいいとは言いがたい。寂しい家族だなと思う。

そんなことを考えているうちに、学校に着いた。

いつもの習慣で自販機のある二階のピロティーのほうへと足が勝手に向いていることに、渡り廊下のあたりでやっと気づく。

ちがうちがう。だめだめ。諦めるんだった。

慌てて歩みを止めた。

月曜と木曜は、映人先輩のクラスの体育がある日。体育館で授業があるときは、先輩たちが休み時間にうちの教室の前を通る。体育館ではなく外で活動するときも、窓際の席に座っているわたしは、グラウンドで授業を受ける先輩を盗み見ることができる。

火曜と金曜は、先輩のクラスと同じ階にある音楽室と家庭科室でうちのクラスの授業があるので、移動中に、教室にいる先輩の姿をちらっと見たり、運がよければ廊下ですれちがうこともある。

そして今日は水曜日。映人先輩の姿を一度も見られない可能性が高い日。

これが、入学してから二カ月半の間にわたしが見つけた法則だ。

会えないことの多い水曜日でも、登校が早い先輩は朝一でジュースを買うことがたまにあるので、自販機のあたりをうろうろしていると遭遇できるときがある。

それで水曜日の朝はいつも、教室に行く前にピロティーに立ち寄る習慣になっていた。

正直、それを楽しみに学校に来ている面もあった。

わたしには永莉という友達がいるし、いじめや嫌がらせを受けているわけでもないけれど、それでも学校はなんとなく居心地が悪く感じる。

授業は進度が早くてついていくだけでせいいっぱいだし、山ほど課題が出されるし、たまになんのためにこんなにがんばっているのかわからなくなって息がつまる。

友達は多くはないけれど、永莉と仲良くなれたのは幸運だった。でも彼女はわたし以外にも、学校外でも友達がたくさんいて、わたしたちは休みの日に外で会うことはほとんどない。学校の中だけでの付き合いだ。

それにわたしは、せっかく友達になってくれた永莉にきらわれたくなくて、本心を打ち明けられない。容姿へのコンプレックスだとか、映人先輩への想いとか、家族への不満とか、そういう話は決して言えない。

もらしてしまわないように気を張っているとすごく疲れて、息苦しく感じることもある。

そんな毎日の中で、先輩の姿を遠くから見つめているときだけが、唯一なにも考えずに幸せになれる瞬間だった。

でも、先輩のことはもう諦めると決めたのだ。

一日だけでも顔を見たいだとか、あわよくば目が合うかもしれないだとか、そんな淡い願望や妄想は捨てて、これっきりにする。どうせ叶わない恋なのだ。

はあ、とため息をついた。

片想いがいちばん楽しいとか、叶わない恋ほど儚《はかな》くて美しいとか聞くけれど、全部うそだ。

そういう言葉は、ちゃんと恋が叶って両想いになれた幸せな人たちが、たとえばちょっとした喧嘩などで落ち込んだときなんかに過去を懐かしんで『昔はよかった』と愚痴ってみただけで、『じゃあ時間を戻してあげましょう』と言われたら『けっこうです』と断るにちがいない。

きっと、好きで好きでどうしようもない相手から少しも目を向けてもらえない悲しみを、自分ではない誰かと楽しそうに笑い合っているのを遠くから眺めるしかないつらさを、忘れてしまったのだ。満ち足りた日々を過ごす中で、幸せを感じる機能が麻《ま》痺《ひ》してしまったのだ。

自分で稼いで自分の好きなシャンプーを買える大人たちが、なにもかも思い通りにできないわたしたちを見て、わかったような顔で『高校時代がいちばん楽しかった』と言うのと同じだ。

片想いはときどき息もできなくなるほど苦しいし、叶わない想いは行き場をなくして自分の中で醜くどろどろと渦を巻いている。

恋は叶ったほうがいいに決まっている。両想い、一度でいいからなってみたい。

叶わないとわかっていても好きでいつづけるなんて、馬鹿だ。虚しい。

だから、わたしは、諦めるのだ。

「諦めなきゃ……」

ぽつりと呟きながら、渡り廊下の窓の外を眺める。

濃い灰色に垂れ込める雲のせいで、空がひどく低く感じた。なんだか閉じ込められているような気分になる。

そのとき、向こうから軽い足音が聞こえてきた。

なにげなく目を向けて、息を呑む。

映人先輩がいた。

渡り廊下の終わりに立って、こちらに顔を向けている。

「……っ」

驚きの直後、条件反射の喜びが込み上げてくる。

でも、次の瞬間には焦りがわたしを突き動かした。

しっかりと目が合ってしまう前に、顔を背けて踵を返し、先輩に背を向けて駆け出す。

教室に向かいながら、びっくりしたびっくりしたびっくりした、と心の中で繰り返した。

頭が真っ白で、顔が熱くて、心臓が暴れていて、こめかみには冷や汗が滲んでいる。

まさか先輩に遭遇するなんて。あんなに近くで、しかも他に誰もいなくて。

初めてのシチュエーションだった。まちがいなく、渡り廊下にいたのはわたしたちだけだった。あの空間に、先輩とふたりきりだった。

これまでどんなに望んでも、先輩と接近することはほとんどできなかったのに、諦めると決めたとたんに、あんなふうに会うことになるなんて。

神様、どれだけいたずら好きなの。

「おはよー、美雨」

教室に入って席につくと、すぐに見つけて近づいてきた永莉が、わたしの顔を覗き込んで少し首をかしげた。

「ん？　どした？　なんか表情硬くない？」

「えっ？　え、なんもないよ。おはよ」

「ならいいんだけど……」

「大丈夫、大丈夫」

わたしはへらへらと笑ってごまかし、鞄からばさばさと教科書やノートを取り出した。

それから一日中、いつもの癖で先輩の姿を探してしまわないように、必死で自分を抑えて気を張っていたせいか、昼休みになるころにはへとへとに疲れてしまっていた。

お弁当を広げて、トイレに行った永莉が戻ってくるのを待っていたとき、無意識のうちに廊下側に視線を向けたわたしは、ぎょっとした。

映人先輩が、周りをきょろきょろと見回しながら歩いていたのだ。

今日は水曜日なのに、どうしてここを通るんだろう。先輩には会えない日のはずなのに、どうして二度も。

また凝視してしまっている自分に気がつき、わたしは慌てて席を立って教室の後方に向かった。大柄な男子の背後にしゃがみ込むようにして、自分のロッカーのドアを開ける。こうすれば物理的に先輩を見るのが不可能になる。

用もないのにロッカーの中をがさごそとかき回し、ちらりと廊下を見て彼の姿がなくなっているのを確認してから、ゆっくりと席に戻った。

疲労感がさらに増して、はああと長いため息をついた。

*

放課後、帰り支度を終えて生徒玄関に向かう途中、はっと気がついた。

傘を持ってきていない。

朝のニュースで雨予報を見て、傘を忘れないようにしなきゃと考えていたのに、お母さんとシャンプーの話をしている間にすっかり頭の中から消えていた。

靴を履き替えながら玄関の外を見ると、けっこうな本降りだ。傘なしで歩くような雨量ではない。

しかたがないので、少し雨が弱くなるまで軒下で雨宿りをすることにした。

みんなちゃんと傘を持っている。ぱんっと小気味のいい音を立てて色とりどりの傘を開いては、次々にわたしの横をすり抜けて、校門やグラウンドへと向かって歩き去っていく。

いつかと同じ、まるで自分だけが世界の果てに置いてけぼりにされているような錯覚に陥った。雨の檻《おり》の中から、ただ外の世界を見ているだけ。

また無意識に前髪を撫でつける。指先で軽く触っただけで、たぶん額が丸見えになるほどうねっているのがわかった。はあ、と息を吐きながらうつむく。

足下の水溜まりに、軒先から雨粒がぱたぱた落ちてくる。水面に丸い波紋が生まれ、すぐに広がって、散って、呆気なく消えていく。

その様子をぼんやりと眺めていると、突然、大きな声が聞こえてきた。

「あっ、いた！」

聞き覚えのある声。このわたしが聞きまちがえるはずがない。

これは、映人先輩の声だ。

思わず顔を上げて目を向けると、雨の中で青い傘を差した先輩が、まっすぐにこちらを指差していた。わたしは驚きに息を呑む。

「いたいた！　あの子！」

「え……っ」

思わず周囲を見回して、彼の指が差している人物をたしかめようとする。

でも、わたし以外には誰もいない。

もしかして、わたしのこと言ってる？　うそ、なんで？

わたしの動揺など知るはずもない先輩が、にこにこと振り向いて手招きをした先から、白い傘を手にした知奈さんが姿を現した。

彼女はそのままの足どりで、映人先輩の横をすり抜けて、まっすぐにわたしのもとへとやって来た。

「こんにちは」

わたしの目の前に立ち、彼女はにっこりと笑ってそう言う。

「えっ、あっ、はい、こんにちは……」

突然の事態に戸惑いを隠しきれないまま、わたしはしどろもどろに挨拶を返した。

彼女は大きく首をかしげて、じいっとわたしを見つめてくる。綺麗な黒髪がさらりと音を立てた。ぱっちりとした二重瞼の大きな瞳に、覇気のない目のわたしが映っている。思わず目を背けた。

「この子かあ。へえ、そう……たしかに、なるほど……」

ふむふむ、とうなずきながら知奈さんは姿勢を正し、くるりと振り向いて映人先輩に声をかける。

「いいかもね」

すると映人先輩は「いや」と首を振った。

「『かも』じゃなくて、『絶対』いい！　俺はぴんと来たんだ！」

「そう。まあ、わたしは映人の直感を尊重するよ」

知奈さんがまたわたしに視線を戻して、ふふっと笑った。

「えーと、あの……？」

あまりにも話についていけなくて、わたしは肩を縮めて問いかける。映人先輩を直視する勇気はないので、知奈さんに。

でも、答えたのは先輩だった。

「探したよ。ずっと君を探してたんだ」

は、と声が出そうになって、なんとかこらえる。

探していた？　わたしを？　なんで？

疑問符でいっぱいになった頭の中に、もしかして、という希望がふいに湧き上がってくる。

もしかして、先輩、わたしのこと覚えてる？

去年の夏に、今年の春に、わたしと会って話したことがあると、先輩は覚えてくれていたのだろうか。

じわじわと込み上げてきた淡い期待は、先輩がつづけた言葉を聞いた瞬間、ぱちんと弾けて消えた。

「はじめまして」

ぎゅっと心臓をわしづかみにされた気がした。

『はじめまして』ですか。実は会って話したことあるんですけどね、しかも二回も。それだけわたしなんて眼中になかったってことですね。

「急にごめんね、びっくりさせちゃって」

映人先輩は、初めて会った日と同じように、雨模様の空にまったく似つかわしくない晴れやかな笑顔で、そう言った。

憧れの先輩が、こんなに近くで、しかもわたしだけに笑いかけてくれているのに、そんな夢みたいな状況なのに、胸が痛い。痛くて泣きそう。

「俺、二年の高遠映人っていいます。こっちは宇崎知奈」

知ってます。どちらのお名前も、よく知ってます。

もちろんそんなことは言えないので、無言のまま軽く会釈をした。

「よかったら、君の名前も聞いていい？」

わたしはうつむきがちのまま答える。

「はい……音沢《おとざわ》です」

「下の名前は？」

少し言葉に詰まって、でも断るのも不自然なので、小さく答える。

「……美雨です。音沢美雨」

「みう。どんな字書くの?」

先輩は笑顔のまま小首をかしげた。

「……美しい、雨、です」

うつむいてぼそぼそと答える。

だからこの名前がきらいなのだ。ちっとも美しくない顔で、〈美しい〉と名乗らなければいけない。地獄だ。

しかも、わたしの大きらいな〈雨〉まで入っている。なんだかじめじめしたイメージの字だし、どうしてこんな漢字を使った名前をつけたんだろう、と思ってしまう。

相手の反応が怖いので、名前の漢字を説明するときにはなるべく顔が見えないように下を向く癖がついてしまった。だって、嘲笑《あざわら》われているかもしれない。

でも、先輩はちがった。

「わあ、いい名前だね。君にぴったりだ」

びっくりして、ぱっと顔を上げた。

目が合う。お世辞や皮肉など欠片《かけら》も感じさせない、屈託のない笑みとまっすぐな眼差し。本当にそう思ってくれているのだと伝わってくる。

呆然としていると、先輩はまた小首をかしげて言った。

「せっかくよく似合ってる素敵な名前だから、下の名前で呼んでもいい？」

え、と思わず小さく声を上げる。あまりにも予想外の出来事がつづいていて、震えが止まらない。

「美雨ちゃんって呼んでもいいかな」

すると知奈さんが彼のとなりで「うげっ」と顔をしかめた。

「ちょっと映人。初対面の後輩の女の子に、いきなりその呼び方、ちょっとキモいよ。変態おじさんっぽい」

「え、マジか」

彼女からずけずけ言われて、映人先輩は驚いたように目を丸くし、それからぱっとわたしを見た。

「ごめんね。じゃあ、美雨さんって呼ばせてもらっていい？」

「えっ」

「美雨さん」

ふふっと笑って、たしかめるように先輩が言った。さらに震えがくる。

年上の男の人から、そんな呼び方をされるのは初めてだ。どんな顔をすればいいかわからない。きっと変な表情になってしまっているから、景色を見るふりで視線を逸らす。

「……は、い」

わたしなんて先輩の申し出を断れる分際ではないので、掠《かす》れた声でそう答えた。

耳の中で何度も何度も、先輩の声がリピートされる。

美雨ちゃん、美雨さん、美雨さん。

なんだか顔が熱い気がする。でも、下の名前を呼んだくらいで、『初対面』の後輩に頬を染められたりしたら、さぞ気味が悪いだろう。髪で顔を隠せるように少しうつむき加減になりながら、水びたしになった地面に打ちつける雨が無数の円を描くのを見つめる。

雨が強くなってきて、軒下にいてもときどき雨粒が顔にかかる。思わず目を細めると、

「……やっぱりいいなあ」

ひとりごとのような呟きが聞こえてきて、わたしはふと顔を上げた。

目を戻したとたん、こちらを覗き込んでいるきらきらした瞳と視線がぶつかって、息ができなくなる。

「本当に、すごくいい！」

先輩がそう言って突然、傘を放り出して雨の中に飛び出した。

びっくりしてその姿を目で追うと、彼はぱっと振り向いて、こちらに向けた両手の

指で四角い枠を作り、ファインダーを覗き込むようにしてわたしを見た。

「やっぱりだ。俺の予想通り」

わたしと先輩の間に、レースカーテンのような霧雨が降りしきる。

「君はすごく雨が似合う」

雨が似合う？　どういうことだろう。

雨の日のように湿っぽくて鬱々としているということだろうか。それならたしかに、わたしは雨そのものかもしれない。

「ねえ、美雨さん」

でも、わたしの名前を呼んだ先輩は、とてもとても嬉しそうに笑っていた。

「お願いがあります」

「……？　はい」

「俺、映画監督を目指しててね、映画研究部っていう部活に入って、自主制作をしてるんだけど」

星を集めたような輝きに満ちて、晴れ渡った空のように透き通った綺麗な瞳が、わたしを見ている。澄みきった鏡のようになんでも映して、見ているこちらが吸い込まれてしまいそうになる。

「それで今朝、渡り廊下で君を見かけたときに、『この子だ！』って思ったんだ。一年生のバッジだったから、一年の教室を全部回って探して、そしてやっと君を見つけて、確信した。これは運命だ」

「……え？」

「君しかいない」

無意識のうちに、あんぐりと口を開いてしまった。

運命？　君しかいない？　どういう意味？

映人先輩の言葉が、ぐるぐると頭の中を回っている。単語は理解できるのに、内容がまったく把握できない。

いや、頭ではわかっているけれど、心が否定している。そんなはずがない、わたしなんかがそんなことを言ってもらえるはずがない、と。

どうしてわたしみたいな人間が、こんな少女漫画の中に出てきそうな言葉をかけられているんだろう。やっぱり夢でも見ているのか。

ぽかんとしたまま見つめ返していると、先輩は真昼の太陽のような笑顔でつづけた。

「俺たちの映画に、出てほしいんだ」

如《じょ》雨《う》露《ろ》のしずく

Joro

＊

「おーい、美雨さーん」

学校に着いて教室に入ったとき、廊下の向こうからわたしを呼ぶ声が聞こえてきた。

「おはよう」

三日前の席替えで座ることになった廊下側の席に荷物を置いて、声のしてきたほうに目を向けると、映人先輩が満面の笑みで手を振りつつ、こちらへ走ってくる。

初めて彼がこうやって親しげにわたしの名前を呼びながら駆け寄ってきたときは、驚と緊張のあまり声も出なかったけれど、さすがにもう慣れた。

「おはようございます……」

わたしは軽く会釈しながら挨拶を返す。おはよ、と先輩がもう一度言ってくれた。

慣れたとはいえ、彼を直視するのはやっぱりひどくどきどきして、口から心臓が飛び出してしまいそうになる。でも、こんなに近くにいるのだから見ないともったいないという誘惑に負けて、ちらりと目線を上げた。

内側から光があふれ出てきそうな明るい笑顔がそこにあった。

先輩の瞳は、どうしてこんなにきらきらしているんだろう。綺麗なものばかり見つめているからだろうか。わたしの目なんていつもどんより曇って濁っているのに。

そして先輩は肌も綺麗だ。わたしみたいなそばかすはもちろん、吹き出物ひとつなくて、とても滑らかで肌理《きめ》が細かい。もっと言うと、癖のないさらさらの髪も、細くて、でもこしがあって、彼の素直さをそのまま体現しているようにまっすぐで羨《うらや》ましい。ひねくれていて髪までうねっているわたしとは大ちがいだ。

スタイルもいい。すらりと背が高くて、細いけれど痩せすぎということもなく、バランスがいい。わたしなんて背ばかり高くて、がりがりで骨張っていて、女性らしい可愛らしさも柔らかさもまったくない。なんてみすぼらしいんだろう。

こんな姿で彼を見るのも、彼に見られるのも、つらい。容姿にコンプレックスのない人には、こんな気持ちは一生わからないだろう。

「今日は久しぶりの晴れだね」

わたしの憂鬱など知るはずもなく、先輩はにこやかに言った。

「あ、はい、そうですね……」

わたしは気まずさから視線を逸らして、もごもごと答える。

ずっと憧れていた先輩と距離が近づいたというのは、正直ちょっと、いや本当はかなり、嬉しい。嬉しいのだけれど、彼がわたしに近づいてくる理由が理由なので、素直には喜べない。

その理由というのは、もちろんあれだ。

「それで、美雨さん」

先輩は軽く腕組みをして、わたしの真横の窓枠に両肘をつき、ぐいっと距離をつめてきた。わたしは思わず身を硬くする。

「映画、出てくれる気になった？」

曇りのない澄んだ瞳で、屈託のない晴れやかな笑みで、先輩が小首をかしげて訊《たず》ねてきた。

このやりとり何度目だろう、と思いながら、

「すみません、申し訳ないけど無理です」

わたしはいつもと同じように、頭を下げて丁重にお断りする。

「やっぱだめかー！」

先輩は気を悪くした様子もなく、右手を胸元に当てながらおかしそうに笑って、

「じゃあまた」と手を振りながら去っていった。

『じゃあまた』ということは、また誘いに来るのか。無意識のうちに深く息を吐いていた。

また断らなければいけないという憂鬱さと、やっぱり隠しきれない嬉しさで、自分でもよくわからない複雑な気持ちのまま、軽やかな足どりで遠ざかっていく先輩の姿

を見送る。ずっと前から見慣れた背中。

　彼と正面から向かい合うのは、未だに落ち着かない。いつも隠れたところからそのうしろ姿や横顔ばかり盗み見ていたから。

　こうやって背後から見つめているだけなら平常心でいられるのに、先輩を目の前にすると表情も声も硬くなってしまう。きっと彼は、わたしをひどく無愛想でつっけんどんな人間だと思っているだろう。

　鞄から荷物を取り出しながらそんなことをつらつらと考えていると、

「美雨おはよー」

と声をかけられた。振り向くと、永莉がひらひらと手を振っていた。

「おはよ、永莉」

「また高遠先輩来てたね」

　ふふふ、と彼女が含み笑いで言う。わたしは小さく「うん」とだけ答えた。

「また映画のお誘い？」

「うん……断ったけど」

「また断っちゃったのー？」

　永莉はわたしの前の席に「ちょっと借りまーす」と腰かけ、わたしの机に頬杖をついて少し不服そうにつづける。

「出ればいいのに。せっかく憧れの高遠先輩からスカウトされたんだから！」

「いやいや、スカウトとかやめて……」

この顔でスカウトなんて言葉を口にするのは、冗談だとわかっていても穴があったら入りたい気分になってしまう。

「でも、ぜひ美雨にって頼まれたんでしょ？　遠慮なく出ちゃえばいいのに」

「いや、だって……無理だよわたしには……」

このやりとりも、もう五回以上やっている気がする。

「演技とかできるわけないし、……それに、」

この見た目だし。可愛くないし美人でもないし。そうつづく言葉は、もちろん呑み込む。だって、そんなことを言ったら永莉に気を遣わせてしまう。

『わたしなんて可愛くないから』と言われると、『ぜんぜんそんなことないじゃん、可愛いよ！』と返さざるを得なくなってしまうのは、女子特有のコミュニケーション理論だと思う。『ダイエットしなきゃ』には『必要ないよ』と応えなくてはいけないのと同じ。

だから、「こんな顔だから映画なんて無理」とは言わない。

言わないけれど、それがわたしにとっていちばん重要な理由だった。

放課後、雨宿りをしていたときに突然先輩から声をかけられ、「映画に出てほしい」と誘われたのは、約一週間前のこと。

「今年の文化祭で上映する映画に、主役として出てもらいたいんだ。安心して、難しい演技とかはいらないから。ただ立ったり歩いたり座ったりするだけだよ」

運命という言葉に一瞬舞い上がりかけていたわたしは、すぐに自分の勘ちがいに気がつき、恥ずかしさで吐きそうになりながら「ごめんなさい」と頭を下げた。

どうして、と訊ねられても、どうしても、としか答えられなかった。

こんな容姿で映画に出て、しかも主役なんて、みんなにどう思われるだろう。大きなスクリーンに映し出される自分の顔を想像すると、ぞっと背筋が寒くなる。『ブスのくせに調子乗ってんじゃねーよ』なんて思われたら、わたしの高校生活、もう終わりだ。

だからといって、正直にそれを話して、見た目に劣等感を抱いていることを先輩に知られるのも嫌だった。だからなにも言えない。

「まあしかたないか、美雨はシャイだもんね、映画とか恥ずかしいか」

永莉がわたしの頭をくしゃくしゃと撫でる。

「いやー、でもやっぱ、もったいないなあ。せっかく先輩と仲良くなれるチャンスなのに……」

彼女は自分のことのように残念がってくれるけれど、わたしは曖昧《あいまい》に笑ってごまかした。

「それにしても、あれだね」

永莉が少し口調を変える。

「高遠先輩って、実際関わってみると、なんていうかけっこう……不思議な感じの人だよね」

彼女がなにを言いたいのか察して、わたしは「だね」とうなずいた。

不思議な感じ、というのは永莉なりに気を回して選んだ表現なのだろう。

彼女はさらにつづける。

「わたしの中では高遠先輩って、『明るくて性格よくて優等生で部活がんばってて超美人な彼女さんがいる、漫画のキャラみたいな人』ってイメージだったんだけど。美雨と話してるところ聞いてたら、なんか、ただの陽キャっていうよりは『明るい変わり者』みたいな感じなのかなって気がしてきた。何回断られても笑顔でまた誘いにくるし」

わかるわかる、とわたしは何度もうなずく。

先週、入学式以来はじめて先輩と言葉を交わしたとき、『こんなに底抜けに明るい人だったんだ』と驚いた。前に二度助けてもらったときには、少し世間話をしたくらいだったから、『社交的で優しい人』という理解だったけれど、今日までの間に何度も会って話して、どんどん彼のことがわかってきて、まさに『明るい変わり者』という印象に変わった。

でも、それは、悪い意味ではまったくない。わたしみたいな根暗な凡人にとっては、さらに眩しさを増して感じられる。先輩の明るさが本当に眩しくて、その光に照らされて自分まで少し明るくなれるような気持ちになるのだ。

「ていうか普通、一回断られたら気まずくて誘えなかったりするよね？　それなのにまったくめげない高遠先輩、メンタルの強さが尋常じゃないというか……。わたしの個人的な考えだけど、メンタルめっちゃ強い人って、たいていちょっと変わってる人だと思うんだよね。普通の人とはちがう価値観と考え方もってるから、普通は折れちゃうようなことがあってもへこたれないというか、気にしないというか。わたしの中ではそういうイメージに変わった」

本当にその通りだなと思う。さすが永莉は賢くて観察力がある。わたしは「うん、そうだね」と答えてつづけた。

「ちょっとちがう次元で生きてるというか、見えてる世界がちがう感じがする」

もしもわたしと映人先輩が逆の立場だとして、わたしが先輩をなにかに誘うとして。わたしなら、一度声をかけて無下に断られたら、その時点で心が折れてしまって絶対にそこで諦めるし、むしろ気まずさに耐えきれなくて、顔を合わせないように必死で避けてしまうと思う。

それなのに先輩は、わたしが生意気にも『無理です』と断っても笑顔で『また来るね』と答え、そして実際にまたすぐに笑顔でやってきて『どう、気持ち変わったりしてない？』と期待に満ちた様子で訊ねてきたりする。

本当に心が強いなと感心すると同時に、どうしてそんなにも諦めずに何度も挑戦できるんだろう、と不思議に思わずにはいられなかった。わたしは一度『だめ、無理』と言われたら、再び同じ話題を出す勇気すらない。

まるでちがう世界の住人のようで、どうしたらあんなふうにいられるのか、心底不思議だった。

「まあ、変わり者というか、ちょっと癖があるなーとは思うけど」

永莉は腕組みをしてうんうんとうなずきながらそう言い、それからふふっと笑って、

「美雨には、ああいう感じの人が、合うかもね」

突然、そんな予想外なことを言い出したので、わたしは「えっ」と目を剥いた。彼女はくすくすと笑ってつづける。

「美雨は大人しくて控えめだから、高遠先輩みたいな、ちょっと強引にでも引っ張っていってくれるような人が合うかもね、ってこと」

その言葉に、反射的にイメージしてしまった。わたしと映人先輩が、ふたり並んでいる図を。

でも瞬時に首を横に振り、そんな身のほど知らずで愚かな空想は振り払う。

「いやいや、合うって……ないない。そもそもわたしは……ていうか先輩には彼女さんいるし」

先輩と付き合いたいなんて考えたことすらない。考えたらいけないことだから、はなから考えないことにしている。

「べつに高遠先輩のこととは言ってないけどー？　先輩みたいな人って言っただけで」

にやにやしながら永莉が言ったので、わたしは「ええっ」と声が裏返ってしまった。顔が熱い。

「ま、もし美雨の気が少しでも向いたら、映画、引き受けてみたらいいんじゃないかなって。恋愛とか抜きにしてもね。きっといい経験になるだろうし。っていう、親友からのアドバイス、ありがたく受け取ってくれたまえ」

芝居がかった調子でそう言ってから、永莉は急に黒板のほうを振り返って時計を確認し、

「あっ、やば、今日小テストじゃん！　勉強しなきゃ」

慌てた様子で腰を上げた。

「ごめん美雨、またあとでね」

「うん、わたしも勉強する。がんばろ」

自分の席に向かう彼女に手を振って英単語帳を開いたけれど、なかなか集中できず、思考はまた元の場所に戻ってきた。

わたしだって、残念だとは思っている。せっかく映人先輩と親しくなれるかもしれないチャンスなのに、断るなんてもったいないと思う。

映画には詳しくないけれど観るのはそれなりに好きだから、もしも出演の依頼じゃなければ、そうだとしてもせめて脇役だったら、喜んで受けていただろう。

でも、よりにもよって、主役なんて。柄じゃないし、分不相応にも程がある。周りの目も気になるし、お母さんからもなんと言われるか。

先輩はやっぱり変わっている。学校内だけでもわたしより可愛い子は数えきれないほどいるのに、どうしてわたしを選んだんだろう。

あ、もしかして、先輩が撮ろうとしている映画は、不細工な女の子が主人公の話とか。それなら納得ができる。

どちらにせよ、先輩は変わっているということだ。

「ごめんねー、美雨ちゃん」

突然すぐそばで名前を呼ばれて、考え込んでいたわたしはぴくっと姿勢を正した。いつの間にか深くうつむいていたことに気づく。

「はいっ」

慌てて目を向けると、声から予想した通り、知奈さんが窓の向こうに立っていた。さっき映人先輩がいたのと同じ場所。彼女は顔の前で両手をぴったり合わせて、申し訳なさそうな顔をしている。

「今日も来たんでしょ？　映人」

親しげな呼び方だ。以前も聞いたのに、彼女さんなのだから当然だとわかっているのに、やっぱり胸がざわめく。頬がひきつっていないか不安だった。

「ごめんね、あいつ、しつこくて。美雨ちゃん何回も断ってるのにね」

いえいえ、と愛想笑いで応えながらも、胸のあたりがずきずきと痛むのを感じる。あいつ、と臆面もなく言えてしまうところにも、映人先輩と知奈さんの仲の深さを感じて、醜い感情が湧き上がるのを抑えられない。

「ほんと困ったやつだよねー。わたしもそろそろ諦めろって言ってるんだけど、ぜんぜん聞かないの。映人って優男《やさおとこ》のふりして頑固だからさ、やるって決めたら絶対やるタイプなのよね。ほんっとごめんね、美雨ちゃん」

「いえ、知奈さんが謝ることでは……」

両手を振って否定するものの、彼女の言葉の端々《はしばし》から感じられる『身内感』のようなものが、鋭い刃になってわたしの心臓をぐさぐさと抉《えぐ》る。『うちの主人がいつもすみません』、みたいな。

いやいや、なにショック受けてるんだわたし、と自分で自分に呆れる。

映人先輩と知奈さんは付き合っているのだから当たり前だ。わたしにはショックを受ける資格すらない。

諦めると決めたのに、まさかの展開で先輩と近づいてしまったから、欲が出てきてしまったのだろうか。なんて浅はかなんだろう、わたしは。

「あっ、そうだ。またあいつに絡まれて困ったときのために、連絡先交換しとかない？　呼んでくれたらいつでも駆けつけるから！」

名案を思いついた、というような調子で知奈さんが言った。いえいえ申し訳ないです、と断ってみたものの、押し切られる形でアドレスを交換した。

どうせなら先輩の連絡先を知りたかった、と無意識のうちに考えていた自分に、深々とため息をつく。

本当に、なんて図々しくて欲深いんだろう。

分をわきまえろ、わたし。

＊

如雨露《じょうろ》から飛び出した水の糸が、音も立てずに土に吸い込まれていく。

今日は久しぶりに一日晴れていて気温も高かったからか、鉢植えの土はすっかり水気を失っていた。お母さんに頼まれて洗濯物を取り込もうと二階のベランダに出たときに気がついて、慌てて水やりをしている。わたしが昔から育てている花だ。

乾いた薄茶色が湿った焦げ茶色に変わり、受け皿に水が溜まったのをたしかめて、わたしは傾けていた如雨露を元に戻した。先端からぽた、ぽたと滴が垂れて、ベランダの床のタイルに小さな染みができる。

紫陽花《あじさい》は光と水が大好きらしい。だから、鉢植えは日当たりのいい場所に置き、水はたっぷりとあげる。とはいえ、やりすぎると根腐れを起こしてしまうので注意。

それと、あまり暑い時間帯に水やりをすると、太陽光を浴びて高温になった水で根が茹《ゆ》だって傷んでしまうから、涼しい早朝か夕方にしたほうがいい。

紫陽花の育て方を調べたら、そんな注意点が書いてあった。他にも、病気になっていないか、虫害はないかなど、日々の観察も欠かせない。植物を元気に保ち無事に育てるには、とても手間がかかるのだ。

でも、だからこそ、綺麗に咲いてくれた花を見ると、嬉しくて可愛くて、思わず口《くち》許《もと》が緩む。

わたしは小さく微笑みながら、紫陽花に顔を近づけてじっと見つめた。

水滴をたっぷり纏《まと》って潤った青紫色の花びらは、まるで両手をあげて恵みの雨を浴びているかのように瑞々《みずみず》しく、生き生きとして見えた。

やっぱり紫陽花は雨が似合う。

でも、晴れた空の下で日の光に照らされているときも、花びらの美しさが際立って、なんとも言えず綺麗だ。

紫陽花の青や紫に色づいた部分は、正確には花弁ではなく萼《がく》らしいけれど、やっぱりこの鮮やかさを見ていると『花』と呼びたくなる。

深い緑の葉先に軽く指で触れると、ふるふると揺れて水滴がいくつか流れ落ちた。

しばらく鉢植えを眺めていて、ふと目を上げたとき、空には一面の夕焼けが広がっていた。

わあ、と無意識に声を上げる。

この家は坂の上にあるので、見晴らしがいい。街の真ん中を流れる川も、密集している建物も、霞んで見える都心のビル群も、すべてが濃いオレンジ色に染まっていた。

そのうち空の端が少しずつ深い青に滲んでいく。薄着でいるせいか少し肌寒さを感じて、室内に戻った。

暖色から寒色への緩やかなグラデーションの空をしばらく窓ガラスごしに見つめながら、ふと映人先輩の顔が思い浮かんだ。

その瞬間、どきっと胸が弾む。彼のことを考えると、いつもそうだ。自分の意志とは無関係に胸が高鳴る。

明るい笑顔や優しい声が頭から離れなくて、今ごろなにをしているだろうと考えては、どきどきしながら熱い頬を押さえる。

先輩もどこかでこの空を見ているだろうか。だとしたらきっとカメラを構えているだろう。こんなに綺麗な景色を、彼が見逃すはずがない。

先輩の目は、いつも世界に向かって開いている。いつもしっかり顔を上げて、しっかり目を見開いて、まっすぐに世界を見ている。

だから、うつむいてばかりのわたしには見つけられないような美しいものをたくさん見つけて、撮ることができるのだろう。

わたしも先輩のとなりにいれば、綺麗な景色を見られるだろうか。もしも先輩と付き合えたとしたら。たとえば、知奈さんのように……。

その瞬間、窓の向こうの夕焼け空に合わせていたはずの焦点が、なんの拍子か窓ガラスに映った自分に合ってしまった。

とたんに心臓がぎゅっと縮まり、浅ましい考えを一瞬でも持ってしまった自分の愚かさに吐き気を覚えた。

わたしが先輩と付き合えるはずがない。こんな汚い顔で、先輩のとなりに立てるはずがない。

わたしは窓ガラスに両手を当て、醜い顔を隠した。

汚い。汚い。汚い。

過去にぶつけられた言葉たちが、害虫のように頭の中をぐるぐると飛び回っている。


小学生のころ、仲の良い友達のペンケースに、クラスのある男子グループがいたずらをした。細かいことは忘れてしまったけれど、たしか本物そっくりの虫のおもちゃをこっそり隠して、驚いて叫び声を上げたあと泣き出した彼女を見て、みんなで大笑いしていた。

彼女の背中をさすりながら、思わず主犯格の男子を睨んだら、彼は不満そうに顔をしかめて、そしてわたしを怒鳴りつけてきた。

『なんだよ、ブス！　顔にゴミついてんだよ！　汚ねー顔でこっち見んなよ、うつるだろ！　顔洗って出直してこい！』

ぎゃはは、と男子たちは大笑いして、わたしを指差して笑った。そばかすのことを言っているのだと、すぐにわかった。

反射的にうつむいて、顔を上げられなくなった。

汚い。汚い。汚い。わたしの顔は汚い。

幼稚園のころには、そばかすがあるわたしの顔は他とはちがうのだと気がついていた。でも、周りからなにか言われたことはなかったし、『大人になったら薄くなるよ』というおばあちゃんの言葉を信じて、あまり気にしていなかった。

でも、小学生になってからは容赦なくからかいの対象になった。図工の授業で自画像を描いたときに、勝手に顔中に黒いクレヨンで水玉模様を落書きされたこともあった。

他にも、この奥二重の細い目をからかわれて、『キツネ』とあだ名をつけられたこともあった。わたしを呼ぶときは必ず両手で目尻を引っ張って目を細くする男子もいた。

子どもって、どうしてあんなに残酷なんだろう。

無邪気だとか、純粋だとか、汚《けが》れがないとか、大人は子どもを美化して言うけれど、まちがいなくわたしの人生でいちばん多くのひどい言葉を投げつけられた時期だった。

高校生にもなると誰かの容姿について直接悪く言うような人はいないけれど、子どもは誰かの『普通とちがう』を見つけると、口に出さずにはいられないのだ。相手を傷つけるから言わない、とはならない。

習い事の教室で、誰かの妹らしい二、三歳くらいの女の子に突然指を差されて、『へんなかおー！　よごれてるよー！』

と言われたこともあった。心臓が半分くらいに縮まったのではないか、と思うほどびっくりして、そして傷ついた。

小さい子だからしょうがない、とわかっていたけれど、それからその子に会うたびに動悸《どうき》がして、二度と声をかけられないように必死に避けた。

未だに月に一度くらいは思い出してじわじわと傷ついているのだから、我ながら執念深いと思う。

汚いとまでは言われなくても、周りの大人からの言葉にも何度も傷ついた。

お盆や正月の親戚の集まりは、いつも憂鬱だ。お酒を飲んで酔っ払った、名前もわからないおじさんたちが、わたしの顔を見て笑いながら言うのだ。

『もう少し目が大きくて鼻が高かったら、まあまあべっぴんさんなのになあ』

『せめてそばかすがなかったらなあ、惜しかったなあ』

好き勝手なことばかり、まるで酒の肴《さかな》にするみたいに。

子どものころはもっとひどかった。

『ずいぶんひょろひょろして背が高いな、誰に似たんだ。でかい女は可愛げがない、牛乳を飲ませないようにしたほうがいいぞ』

『お母さん、一回お腹の中に戻して、産み直してやったらいいんじゃないか、なんてな！　あはは！』

そんなことをよくお母さんが言われていて、わたしはそれをとなりで聞いていた。

たぶん、まだ幼いからわからないと思われていたのだろう。

でもわたしは、ちゃんとわかっていた。知らない言葉があっても、馬鹿にされていること、からかわれていることは、不思議なほどわかるのだ。

だけど、傷ついていると思われたくなくて、わからないふりをしたり、聞こえないふりをしたりしていた。

だんだん周りに合わせて『自分でもそう思います』とおどけて笑ってみせたりできるようになったけれど、それでも顔は引きつるし、心の中では怒りや悲しみが渦巻いている。大人はそんなことにはひとつも気づかず、『こりゃ一本とられた』などと笑うのだ。

わたしに恨まれていることも、あの人たちはきっと一生気づかないのだろう。

深くため息をついて、わたしは自室のベッドに倒れ込んだ。

スマホを取り出し、〈野いちご〉を開く。

嫌なことを思い出してしまった。こういうときは、物語の世界に没頭するに限る。完全な現実逃避だけれど、逃げたくなる現実しかないのだからしかたがない。

サイトを開いてすぐに、お気に入り作家さんの新作が公開されていることに気がついて、一瞬で気持ちが上向いた。しかも三十ページもある。やった。

明るくて、楽しくて、暗い現実なんて一気に吹き飛ばしてくれるような勢いのある、元気になれる作品をたくさん書いている作家さんだ。

夢中になって読んでいるうちに、あっという間に時間が経っていて、ずいぶん元気をもらえた。

宿題をする気力が出てきたので、起き上がって机に向かった。

教材の準備をしながら、やっぱり小説が好きだな、と思う。現実を忘れさせてくれる。物語の世界に入り込んで、自分も可愛くて性格もいい女の子の気分になって、かっこいい男の子と幸せな恋をすることができる。

いつかわたしもそんなものが書けたらいいな、と思って、すぐに打ち消した。わたしなんかが、誰かの気持ちを明るくするものなんて書けるわけがない。

もしも小説を書いたとしても、暗くて卑屈な女の子が主人公の、じめじめした陰鬱《いんうつ》なものになるだろう。

そんなの読みたい人いるわけないじゃん、とまたため息をついた。

通り雨の図書室

Toriame

＊

放課後はよく図書室に行く。

お小遣いが少ないから紙の本はなかなか買えなくて、普段はネット上で無料で公開されているものばかり読んでいるけれど、あんまり読みすぎると月末に通信制限がかかってしまう。

そんなわたしにとって、図書室は宝箱だ。たくさんの本の中からいくらでも好きなものを選べる。年間何冊まで、という決まりもない。読み終わって返却したら、すぐに次の本を借りられる。まるで夢のような場所だ。

わたしが本を読むようになったのは、小学校の図書室がきっかけだった。男子にからかわれて教室にいるのがつらかったとき、よく逃げ場所にしていた。初めは逃げてきていただけなのに、だんだん読書の楽しさにはまって、いつしか毎日のように放課後が来るのを待ちわび、わくわくしながら通いつめるようになった。

高校の図書室に比べたらずいぶん小さくて、しかも絵本や図鑑、学習系の本が中心で、小説はあまり置いていなかったけれど、それでもわたしにとっては、今まで出会ったことのない奥深い物語の世界が、本棚の向こうにどこまでも広がっているように思えた。

いつも児童書や少女小説のレーベルのコーナーに直行して、魔女や魔物がいるファンタジー世界や、漫画の中のような素敵な恋が落ちている世界に夢中になった。

そのころから今までずっと、わたしは図書室の虜《とりこ》だ。

大好きな本に囲まれながら、本を読むだけではなく勉強をしてもいいというのも魅力的だった。勉強の息抜きに、無数の本の中から気になるものを気ままに手にとり、ぱらぱらとページをめくれるなんて、こんなに素晴らしいことはない。

そして今日もわたしは、窓際の席で窓いっぱいに射し込む西日を浴びながら、現代文の課題を広げていた。

合間にふと目を上げると、空は晴れているのに、小さな雨粒が窓ガラスを濡らしていた。

しばらくすると灰色の雲が広がりはじめて、だんだんと雨脚も強くなってくる。夕立だ。

明日も雨になるのだろうか。また朝から髪との格闘だ。

ふう、と息を吐いて、休憩がてら、となりに置いておいた文庫本を手にとった。

図書室には、〈野いちご〉の小説もいくつか置いてあって、思わず手にとってしまう。

気になっていた本を流し読みしてみて、これを借りよう、と決めたとき、突然

「あっ」と声がした。

「野いちごだ」

短くて小さい呟きだったけれど、わたしの耳は決して彼の声を聞き逃さない。

映人先輩の声だ。

どきどきしながら振り向くと、案の定、先輩が二メートルほど離れたところに立っていた。

先輩は自分の声がわたしに届いたことに少し驚いたようで、少し慌てた様子でぶんぶん手を振った。

「あっ、ごめん、勝手に見ちゃって！　覗くつもりじゃなかったんだけど、背表紙が見えたからわかっちゃって」

ごめんごめん、と笑いながら先輩が近づいてきて、「ここいい？」ととなりの席に座った。

近い！と叫びそうになったけれど、なんとか抑える。

「それ、野いちごの本だよね。小説読んだり書いたりできるサイトの」

先輩がにこやかにわたしの手もとを指差した。わたしは驚いて訊ね返す。

「知ってるんですか……？」

野いちごは、たぶんほとんどのユーザーが女の子だと思う。女の子の名前で登録している人が多いし、話の内容も表紙の絵も、少女漫画風のものばかりだ。

女子の間ではかなり知名度が高いけれど、男子の口から聞いたことはない。

だから、先輩が野いちごを知っているなんて、しかも背表紙を見ただけでわかるなんて、予想もしていなかった。というか、男子は知っていたとしても公《おおやけ》にはしないんじゃないだろうか。少女漫画を読んでいたとしても、なんとなく恥ずかしくてあまり言えないのと同じように。

でも、先輩はあっけらかんと笑う。

「うん、知ってるよ。中学生の妹がいるんだけどね、野いちご大好きで、よく読んでるんだ。俺もたまに妹におすすめしてもらって、サイトでも文庫でも読んでるよ」

「そうなんですか……」

わたしの中二の弟は、わたしが読んでいる漫画や小説にはまったく興味がない。たまにわたしが置いている本を見つけると、「うへえ」と真っ黒に日焼けした顔を歪《ゆが》ませて、腹立たしい反応をする。たぶん、こんな女々しいものに興味を持ったら恥ずかしい、と思っている。

「……先輩は、恥ずかしくないんですか?」

無意識に口に出した瞬間、あ、やばい、と血の気が引いた。

自分の発言の危うさに気づいてしまったのだ。

恥ずかしくないんですか、って、この言い方だと、『そんなことして恥ずかしくないの?』的な、反語的な質問に聞こえてしまうんじゃないか。

いや、わたしはあくまでも純粋な疑問として、普通に訊ねるつもりで。あの、ちがうんです、先輩。あなたを責めたいわけでは。

言いたい言葉が頭の中を駆け巡るけれど、ひとつも声にならない。

ていうか、疑問と反語ってなんで同じ形なの。紛らわしいよ、真逆の感情なのに。誰ですか、反語とか作ったの。

動揺と後悔のあまり思考が四方八方に飛び回り、声もなく慌てふためいているわたしに、先輩はまた屈託なく笑った。

「恥ずかしい? ないない」

それを証明するかのようにぶんぶんと手を振ってつづける。

「だって、俺は男だから、女の子の気持ちってなかなかわからないんだよね。女の子はどんなこと考えてて、どんな恋に憧れてて、どんなふうに人を好きになるのか、どんなに考えてもちゃんとはわからない。でも、映画には女の子が出てくるし、女の子も観るだろ?」

わたしはこくりとうなずいた。

先輩はとても楽しそうに喋《しゃべ》りつづける。

「だから、映画を作るためには、女の子の気持ちもわかってないといけない。それで、少女漫画とか野いちごで勉強させてもらってるんだ。まあ、結果そんなの抜きで、もちろん普通に面白くて読んでるんだけどね」

「そう、なんですね……」

小さく答えつつ、大人だなあ、と思った。

先輩はすごく大人だ。女の子向けのものをむやみに馬鹿にしたりしないところも、女の子向けのものを読んでいることを恥ずかしがらず隠しもしないで当たり前のように話すところも。

すごいなあ、の次に、かっこいいなあ、と自然と思ってしまって、慌てて打ち消した。

これだからわたしは。諦めると本気で思っていたはずなのに、先輩を見るたびに未練がましく好きなことを再確認してしまう。

「美雨さんも小説好きなの?」

彼の問いに、少し迷ってから小さく答える。

「好きというか……ひまなときとかは、読んでます」

好きです、と自信をもって人に宣言できるほど幅広くたくさん読んでいるわけではない。よく読むのはケータイ小説やライト文芸、一般文芸でも現代作家のものが多くて、いわゆる文豪の作品やＳＦは読みにくそうなイメージがあってあまり手に取らない。同じ高校生でも、わたしよりもずっと難解な本を大量に読んでいる人がたくさんいるはずだ。

だから、『小説が好き』だと胸を張って言う資格が自分にあるとは思えなくて、言葉を濁すような答えになってしまった。

ちらりと目を向けると、先輩はなにも言わずにじっとこちらを見て、小首をかしげている。

澄みきった瞳を向けられていたたまれなくて、わたしはまた顔を背けた。

それでも沈黙がつづく。

耐えきれなくなって、どうかしましたか、と訊ねかけたとき、彼が本当に不思議そうに言った。

「それ、『好き』となにかちがうの？」

「え」

思わずまた視線を戻す。

「ひまなときは読むってことは、つまり、ひまさえあれば読むってことじゃないの？　それって、俺の感覚だと『大好き』なのかなって思うんだけど、美雨さん的にはちがうのかな」

初めは責められているのかと思った。でも先輩の言い方が、ただ不思議に思ったから質問している、という調子だったので、彼にとっては純粋な疑問を口にしているだけなのだとわかった。

先輩の眼差しは、まっすぐすぎる。

どうしてそんなふうに考えるのかと問いたげな、心底不思議そうな目で見つめられると、まるで自分が実験動物になって研究のために観察されているような気分になった。

「……いえ、あの、好きとか言えるほど読んでないので……もっと読んでる人たくさんいるし。わたし程度の読書量で本が好きとか言ったら、本当の読書家の人に失礼かなって……」

目を逸らしたままもごもごと答えると、先輩は「うーん」と小さく唸《うな》り、なにか考えるように軽く顎に手を当てた。

それから、「これは俺個人の考えだけどね」と前置きをして、ゆっくりと語りはじめた。

「なんていうかね、『好き』っていうのは『気持ち』だから、自分の中だけの絶対評価でいいと思うんだ。自分が好きだと思ってるなら、それは紛れもなく『好き』なんだよ。気持ちじゃなくて、なにかについて詳しいとか造詣《ぞうけい》が深いとかっていう知識量の話なら、まあ、ある程度は他人と比較した上での相対評価になっちゃうと思うけど、『好き』に関しては、他人はまったく関係なく、自分だけの中で決めていいことじゃないかな。だから、美雨さんが好きだと思うなら、他の人なんか気にせず堂々と『好き！』って言っていいと思うよ」

先輩が目尻を下げて人懐っこい笑顔でつづける。

「俺なんていつも『映画が大好き！』って言いまくってるよ。俺よりも詳しい人とか、俺よりもたくさん観てる人とか、俺よりも的確な考察ができる人とか、俺よりも映画作りが上手な人とか、それこそ世界中にごまんといるけど、でもそれはさておき、俺は映画が好きだから『好き』って言う」

わたしは言葉を失い、ただぼんやりと先輩を見つめ返すことしかできない。

なんてきらきらしてるんだろう。内側から光があふれ出すように、こんなにも輝いている人は見たことがない。

卑屈になって必要以上に自己否定したりせず、自分という存在を自分で受け入れて、傲慢ではなくありのままの、たしかな自信を持っている。そして、揺るぎない信念を持っている。先輩のことはそれほど詳しく知らないけれど、その表情から、態度から、言葉から、それが痛いほどに伝わってくる。

わたしには決してできない、自分をまるごと肯定するということ。

こんなふうに生きられたら、どんなに幸せだろう。

情けなく口を半開きにしたままのわたしに、先輩は明るい声で言った。

「好きなものがあるって、いいよね。それだけで世界がきらきら輝いて、毎日が新鮮で、すごく楽しい」

「………」

「そう思わない？」

ふと、昨日の夜のことが頭に浮かんだ。

好きな作品のつづきが読めるときの喜び、新作を見つけたときの興奮、読み終えたときの高揚感。

ちょっと前まで嫌なことを思い出して落ち込んでいたのに、一瞬で忘れて夢中になった。

世界が輝き出して、今日が新しくなって、物語の中に没頭できる楽しさ。

そうか、わたし、『小説が好き』なんだ。そう思ってもいいんだ。

「……先輩は、本も好きなんですか？」

小さく訊ねると、彼はにこりと笑ってうなずいた。

「うん、好きだよ。映画と同じくらい好き。図書室は、部活があるから普段あんまり来れなくて、学校帰りに本屋をぶらぶらすることが多いんだけど、今日はネタ探しがしたくて部活を抜けて来てみたんだ」

「ネタ探し、ですか？」

「そうそう。文化祭用の作品のね、脚本を書かなきゃいけないんだけど、イメージは固まってるのにどんなストーリーにすればいいかまだ思いつけなくて。図書室なら、本屋にあるのとはまたちがう、古い本がたくさんあるから、なにか刺激を受けられるかなと思って」

「なるほど……」

映研というと、風景や人間を撮影して綺麗な映像を作る、というイメージだったけれど、たしかに物語がないと映画にならないのだ。

「脚本も先輩が作るんですか？」

「うん、そんな得意じゃないんだけど、他にやる部員もいないから。でもやっぱ、話を作るってなかなか難しいよ。特に最初の一歩がね」

「ですよね、読むのと書くのは大ちがいというか……」

無意識のうちに深くうなずきながら呟く。

次の瞬間、先輩が目を見開いて言った。

「あ、もしかして、美雨さんも小説書いてる？」

「えっ！」と思わず叫んでしまった。

「ほら、野いちごって読み専の人もいるけど、ほとんどがなにかしら作品も投稿してるでしょ。美雨さんもなにか書いてるの？」

慌てて両手をぶんぶん振り、ごまかしに入る。

「いえいえ、書いてません！　書きません！」

「あ、そうなんだ」

そっかそっか、とうなずいた先輩の目が、ふとわたしの手もとに向いた。

広げていた現代文のノートの端のほう。

なにかあったっけ、と考えてから、すぐに気がついた。

「――『わたしの恋の命日』？」

先輩が読み上げた言葉に、全身の血が沸騰して、一気に顔へと集まってきた。

そうだ、そういえば。今日の自習時間、与えられた課題が早めに終わって、ひまに任せてメモをしていたのだ。

この前ふと思いついたタイトル、もしも書くならこんなのがいいかな、と軽い気持ちで考えてみた登場人物の名前、性格、そして出会いのシチュエーションやイベント、過去のエピソード。

単語だけの箇条書きだけれど、見る人が見たら、授業内容の記録などではないとすぐにわかるだろう。

「へえ！　素敵なタイトルだね」

ほらー！と内心で頭を抱えて叫んだ。でも身体は硬直しきって微動だにしない。

やっぱり気づかれてしまった。しかもいちばん知られたくない人に。

「いいね、いいね。もうタイトルから切なさが伝わってくる。どんな話なの？」

「……いえ、あの……それは、えーと」

この期《ご》に及んでごまかせるわけなどないとわかっているのに、往生際の悪い口がぼそぼそと言い訳を探して奮闘している。

でも、先輩はすっかり自分の世界に入ってしまった様子で、腕組みをして宙を見上げながら、

「恋の命日かあ。失恋ってことだよね。告白したけど振られた日か、付き合ってたけど別れた日か……」

とひとりごちている。

わたしは茹でられたように熱い頬を押さえつつ、どうしようもない羞恥に耐えるしかなかった。

「もしよかったら、他のページも見せてくれない？」

先輩がふっとわたしを見て、にこにこしながら言った。わたしは動揺のあまり「えっ」と声を上げる。

他のページにも、実は、いくつか落書きをしていた。授業で聞いて印象に残った言葉や、なんとなく思いついたこと——登場人物の名前とか、こんな台詞《せりふ》があったら素敵だなと思った言葉とか、物語のキーアイテムになりそうなものとか、冒頭の導入の一文とか。

無理だ、恥ずかしすぎる。

でも、あまりにもきらきらした、まっすぐに澄んだ瞳で頼まれて、無下《むげ》に断る言葉なんてなにひとつ出てこない。

「……た、たいしたこと書いてないですけど……」

「わあ、ありがとう！」

先輩はまるで、両手いっぱいの花束をもらったみたいな満面の笑みで言った。ただつまらない落書きを見せるだけなのに、こんなに嬉しそうな顔をされて、逆に申し訳ないくらいだった。

「あ、見ちゃだめなところあったら遠慮なく言ってね。絶対見ないから！」

彼はわたしのノートのページに軽く手を添えながら、窺うように言った。

「はい……」

強引なようでいて、引くところは引いてくれる気遣いもある。こういうところがずるいなあ、と思う。

「じゃあ、これの前のページ、めくってもいい?」

「……どうぞ」

なにを書いてあるページかは覚えていなかったけれど、架空の小説のタイトルを見られるより恥ずかしいことはないので、まあいいかとうなずく。

「わあ、なんだろうこれ、……詩?」

「えっ」

先輩の言葉に、わたしは慌ててノートを覗き込む。そこには自作の詩がいくつか書かれていた。沸騰していた血が今度は一気に冷めていく。

今やっている単元の前が『現代詩』で、教科書に掲載されているものをひととおり精読したあとに、『詩を書いてみよう』という表現学習があった。最終的にはプリントに清書して提出したのだけれど、その前に自分のノートにいくつか作ってみたものを下書きしていたのだ。

しかも最悪なことに、そのときのわたしは映人先輩への気持ちで頭がいっぱいになっており、『叶わぬ恋』『届かない想い』をテーマに書いてしまった。

しまった。これはやばい。タイトルより恥ずかしい。恥ずかしすぎて呼吸もうまくできない。

大きく目を見開いてノートを凝視する先輩のとなりで、わたしはじわじわとうつむいたまま、硬直する。

「ほとんど一目惚れ……」

しかも、先輩が声に出して詩を読み上げはじめたので、わたしは穴があったら入りたいどころか、穴を掘ってでも隠れたい気持ちになった。


ほとんど一目惚れだった。

なんの前触れもなく、ふいに強烈な突風に吹かれたように、恋に落ちた。

生まれて初めての、本気の恋だった。
いつも彼のことばかり考えていて、
彼の姿なら何時間眺めていたって飽きなかった。
本当に、本当に、好きだったのだ。

でも、好きになってはいけない人だった。

分かっているのに、諦めきれない。

生まれて初めての、どうしようもない〝好き〟だった。

こんなに、こんなに好きなのに、
どうしてわたしは、君のとなりにいられないんだろう。

うわああ、と心の中で叫ぶ。

書いたときは、ちょっといい感じかな、なんて思っていたのに、今こうやって改めて見てみると、なんていうか、かっこつけすぎていて恥ずかしい。

ただ叶う見込みのない恋をして、でも諦めきれなくて、未練たらしく粘着質に想いつづけているだけなのに、それらしい言葉を並べて得意顔で自分の心情を語っている。いかにも自分の世界に浸っている感じで、とにかく痛い。恥ずかしい。

わたしは両手で顔を覆ったり頭を抱えたりしながら、内心では激しくもだえていた。

詩を読み上げたあともしばらく黙ってノートに目を落としていた先輩が、ふいにぱちんと手を打ち、「よし、決めた」と言った。

「映画に出てほしいってのは諦める。もう誘わない」

「えっ」

わたしは、詩を見られてしまった羞恥の余韻がまだ残る熱い顔を、ぱっと上げる。

たぶんまだ紅潮しているけれど、そんなことより先輩の言葉が衝撃的だった。

諦める？　もう誘わない？

頭が真っ白になる。ショックを受けている自分に気がつく。

そして、あれだけ何度も断っておいて、いざ退《ひ》かれたら寂しさを感じている自分の身勝手さに嫌気が差した。映画に出るなんて絶対無理と言いつつ、憧れの先輩に誘われることに喜びを感じていたのだ。なんて嫌な人間なんだろう。

なにより、先輩がせっかく声をかけてくれたのに無下にしてきたから、とうとうきらわれた。そもそも好かれてもいなかったけれど、きらわれたとなると、やっぱりつらい。ゼロからマイナスになってしまった。

言葉もなくうなだれていると、「美雨さん」と呼ばれた。

「はい……」

最後の審判を受けるような心持ちで目を上げる。

そこには、なぜかさっきよりもさらにきらきらと輝く笑顔があった。

「映画の脚本を、書いてくれないかな」

「……え？」

どうして先輩はこう、予想外のことばかり言ってくるのだろう。頭がついていかない。

でも先輩は、相手の反応なんて気にしたりしない。

自ら光を放つ恒星が、その光を受けなければ永遠に暗いままの惑星の存在など、気にかけないのと同じように。

「美雨さんなら絶対、素晴らしい脚本が書けるはずだから！」

「……いやいや、わたしに映画の脚本なんて書けるわけないです」

先輩がなぜか確信的に言ったので、わたしは動揺しながら首と手を振る。

「大丈夫！　書ける！」

「な、なにを根拠に……？」

「美雨さんは、ただ者ではない感性を持ってる、気がする。俺はそう直感してる」

そんな確信に満ちた口調で言われても、理解も納得もできるわけがない。

わたしのどこが『ただ者ではない』のだろう。むしろただ者以下、何者でもない、取るに足らない存在でしかないのに。

そこで、はっと気づいてしまった。

先輩はもしかして、人ちがいをしているんじゃないだろうか。どういう経緯かはわからないけれど、校内ですごく可愛い、もしくは綺麗な人を見かけて、なぜか——たとえばそれがうしろ姿か横顔だったとかで——たまたま背格好が似ていたわたしを彼女だと勘ちがいしてしまったとか。どうして今まで気づかなかったんだろう。

混乱のあまり、ありもしない想像を巡らせるわたしをよそに、先輩はやっぱり確信めいた笑顔で語る。

「俺はね、あの渡り廊下で、ぼんやり空を見上げる美雨さんを見た瞬間にインスピレーションが湧いて、こういう映像が撮りたい、だから主役を演じてもらおうって思ったんだけど」

「……はい」

「よくよく考えたら、美雨さんが醸《かも》し出す独特の雰囲気に惹かれたんだ。だから、美雨さんが作った物語を映像にしたら、まさに俺がやりたいことができるはずなんだ」

ものすごく論理の飛躍《ひやく》があるのでは？と思ったけれど、先輩相手に言えるわけがなく、わたしは間抜けに口をぱくぱくとさせることしかできない。

「自分の頭の中にある物語が映像になるって、楽しそうじゃない？」

先輩は、天使のように無垢な笑顔を浮かべて、まるで悪魔のように危うい誘惑をする。

「もしも美雨さんが脚本を書いてくれたら、俺は全力で君の物語を現実にしてみせるよ」

わたしにそんなことできるわけがない、とわかっているのに、先輩の澄んだ綺麗な瞳と甘く柔らかい声に、だんだん頭がぼうっとしてきて、思考力も警戒心も麻痺《まひ》していく。

食虫花の美しさや蜜《みつ》の香りに引き寄せられる昆虫は、もしかしたらこんな気持ちなのかもしれない。

危険かもしれないとわかっているのに、甘美な誘惑に毒されてそんなことはどうでもよくなってしまって、ふらふらと近づいてしまう。

「ね、書いてみたくない？」

先輩の目許が好きだ。濃い睫毛と、ぱっちりと大きな目をしているけれど、目尻が少し垂れていて、その瞳はいつも眩《まぶ》しい、でも柔らかい光を湛《たた》えている。

先輩の笑顔が好きだ。包み込むような優しい微笑み方も、太陽に愛されたみたいな明るい笑い方も。

まるで魔法にかかったように、気がついたらわたしは答えていた。

「……はい、書いてみたいです」

外はいつしか晴れ間が戻っていた。どうやら通り雨だったらしい。

＊

我ながら不思議だった。

どうしてあのとき、脚本なんて一文字も書いたことがないのに、『書いてみたい』

なんて答えたのか。

でもわたしは、小さいころから、現実ではない世界が好きだった。

幼稚園や小学校の低学年のころは、毎日絵本を読んでいた。お気に入りの絵本はページが擦《す》りきれるまで何度も何度も読み返して、うっとりと読みふけっていた。

ある程度の漢字が読めるようになると、今度は児童書を読むようになった。神秘的な魔法の力が出てくる冒険物語や、妖怪やヴァンパイアなど今まで知らなかった不思議な登場人物たちの存在に心が踊った。それまでとは比べものにならないくらい長い本は、それだけ長く物語の世界に浸っていられるから、それがとても嬉しかったのを覚えている。

高学年から中学生のころは、少女漫画や少女小説に夢中になった。友人関係や、親との関係から生じる悩みや葛藤まで描かれる世界は、作り話のはずなのにとてもリアルに感じられた。特にそのころからお母さんとの関係に悩むようになっていたので、自分と主人公を重ねては、一緒に泣いたり笑ったり、感情移入してその世界にどっぷり浸かった。野いちごを読むようになったのもそのころからだ。

中三になったあたりから、もっと大人向けの、一般文芸の作品も読むようになった。子ども向けの作品にはなかった重層的な心理描写や、簡単には理解できないストーリーに、まるで大人の仲間入りができたような気分で、難しさに唸りながらもなんとか読み進めて、理解できると嬉しかった。たまに『これはまさにわたしの物語だ』と思えるような、自分の心情をそのまま言葉にしてくれているような一文に出会うと、なんとも言えず興奮する。

絵本でも児童書でも、漫画でも小説でも、なんでもよかった。

どんな形であれ、わたしはとにかく物語が好きだった。

そしていつからか、自分なりのオリジナルの物語を空想するようになった。物語の中では、なにひとつ取り柄もない自分から離れて、綺麗で可愛くて天真爛漫《てんしんらんまん》で自由奔放《ほんぽう》なお姫様や、賢くて勇気も行動力もある自信満々でかっこいい女性になって、誰かの役に立ったり、素敵な恋をしたり、世界を救ったりすることができる。

大きらいな自分のままで現実世界にいるより、理想の人になって架空の世界にいるほうが、ずっとずっと楽しい。

そして、わたしがつくった物語の中では、わたしの想いを彼に届けることだって、わたしの恋を叶えることだってできる。だって、空想だから。なんでもわたしの思い通りにできるから。

そんなわたしにとっての理想郷である『わたしの物語』に、もしも映像がついたら、少しでもリアルに近づけることができたら、どんなに嬉しいだろう。

そう考えて、『書いてみたいです』なんて無謀にも答えてしまったのだ。

花《はな》時雨《しぐれ》のバス停

Hanashigure

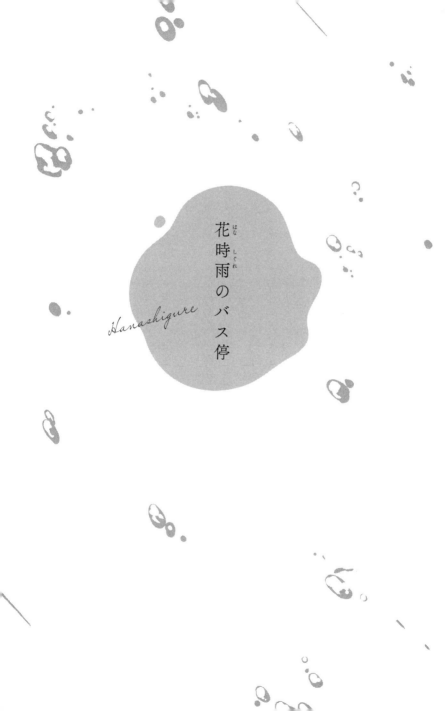

＊

「はいはい皆さん注目！」

ドアの向こうで映人先輩が、ぱんっと手を叩いて楽しげに言うのが聞こえる。

「映研に新しい仲間が加わってくれることになりました！　どうぞ、入ってー」

その声と同時に目の前のドアが開き、先輩が中から顔を出して、わたしを手招きした。

部室棟のいちばん奥、『映画研究部』と書かれた部屋の前で待たされていたわたしは、どきどきしながら「失礼します」と呟いて室内に入る。

「一年の音沢美雨さんです！　はい、皆さん拍手で迎えましょう！」

よろしくお願いします、とお辞儀をしてから顔を上げたわたしは、目の前の光景に言葉を失った。

「……って言っても、実動部隊は俺たちだけなんだけどね」

「え……っ」

先輩がおかしそうに笑って示した長机には、呆れたような顔をした知奈さんしか座っていない。

「ひとつ上の先輩たちが三人いたんだけど、三年生は五月のコンテスト作品が最後の制作で、もう引退しちゃったんだ。それで残ったのは俺と知奈だけ。他にも入部登録してる人は何人かいるんだけど、ほとんど来てないからね」

先輩の説明にうなずいていると、知奈さんは長い髪の先を指でくるくると巻き取りながら、「内申書のためだけに入部届を出した幽霊部員ってやつよ」とつまらなそうに言った。

「まあまあ、いつか気が変わって参加してくれるかもしれないし。とりあえず自己紹介からいこう」

先輩が知奈さんを見ると、彼女は軽く肩をすくめてから、わたしに笑顔を向けて口を開いた。

「副部長の宇崎知奈、美術、衣装メイクの担当です。美雨ちゃん、とうとう映人に根負けしたのね。一緒にやれるのは嬉しいけど、嫌になったらすぐにやめていいんだからね」

となりで先輩が「やめたくならないように全力を尽くすよ」と笑ってから、あとにつづいた。

「部長の高遠映人です。監督、脚本、演出、撮影、編集、その他もろもろを担当してます」

ずらりと並んだ役割にわたしが目を丸くすると、先輩が「人手が足りないからね」

とからから笑った。

　それからふいに真面目な表情になり、わたしと正面から向かい合う。まっすぐな眼差しに見つめられて、どきりと胸が高鳴った。

「美雨さん、入部してくれて本当に本当にありがとう。ずっと君を待ってたんだ！」

　動悸が激しくなる。あくまでも『新入部員を待っていた』という意味だとわかっているのに、勝手にどきどきしてしまう。

　頭を軽く振って無意味な期待を振り払い、わたしはふたりに向かってぺこりと頭を下げて自己紹介した。

「一年の音沢美雨です。映画には詳しくないのでご迷惑をおかけしてしまうと思いますが、よろしくお願い致します」

　すると知奈さんがぴっと手を上げる。

「あ、最初に言っとくけど、わたしもぜんぜん詳しくないの。もちろんきらいじゃないけど、特別好きでもないって感じ」

「え……そうなんですね」

「そうそう。ただわたしは、将来へアメイクとかスタイリストの仕事がしたいと思ってて ね」

　わたしは「えっ」と目を見開いた。

「そうなんですか。かっこいい。知奈さんのイメージとぴったりです」

彼女が少し照れたように「ありがと」と笑う。

褒《ほ》められ慣れているんだな、と思った。もしもわたしなら、「とんでもない、そんなことない」と必死に否定してしまうだろう。素直に褒め言葉を受け入れられるだけの自信を持てる姿に生まれ、そういう生き方をしてこられたことが羨ましかった。

そして、そんな卑屈なことを考える自分が、やっぱりきらいだった。

「それでね、手伝いの部員が欲しい映人に誘われたとき、わたしとしても映画作りの中で衣装選びとかヘアメイクの経験ができたらラッキーって思ったから、つまり利害が一致して入部したって経緯なの」

わたしは「なるほど」とうなずきつつも、心の中では、映研に入ったのと、映人先輩と付き合いはじめたのと、どちらが先なんだろうと考えていた。そんなこと、自分にはまったく関係ないのに。

「じゃあ今日は、過去作品の上映会にしよう！」

唐突に先輩が言った。

「まずは映研がどんな映画を作ってきたのか、俺がどんな作品を撮りたいのか、知ってもらいたいから」

「ええー、またあ？」

知奈さんが呆れたように肩をすくめるのをよそに、先輩はいそいそとノートパソコンを開いて準備をはじめた。

「映画研究部って言ったら聞こえはいいけど、実際は予算をほとんど割いてもらえない弱小部で、生徒会からの活動費は年間一万円ちょっとしか配分されてないんだ。やっぱり県大会とか全国大会出場の実績がある部に予算がいくからね」

パソコンを起動している間に、先輩は壁際の棚にずらりと並んだＤＶＤを吟味《ぎんみ》して、何枚か手にとる。

知奈さんが天井から垂れ下がっている紐を引っ張って、スクリーンを引き出した。それからプロジェクターを用意して、ケーブルでパソコンとつなぐ。

「そういうわけで、撮影用のビデオカメラが去年壊れちゃったんだけど買い替えるお金はないから、今は俺の私物のデジタル一眼レフの動画モードで撮って、照明は手作りのライトで、音楽はレンタルのＣＤで、データは私物のパソコンで編集して……っていう、まあ、個人の趣味というか遊びの延長みたいなものしか作れないんだけど」

自嘲的にも聞こえる言葉なのに、先輩はなんだか楽しそうに笑っていた。

「でも、映画を作ろうと思って作った動画は、すべて『映画です』って言っていいと、俺は思ってるから。……じゃあ、まずは、いちばん最近作ったやつ映すね」

もしもわたしが先輩の立場だったら、きっと『こんなものは見せられない』と隠してしまうだろう。でも彼は、心底嬉しそうに、まるで落書きの画用紙を広げて見せる無邪気な子どものように、わくわくした表情を浮かべている。

無垢な瞳、純粋な笑顔。先輩はいつだって、そこにいるだけで、眩しい輝きを放っている。

どれもわたしにはないものばかり。だから、どうしようもなく惹《ひ》かれてしまうのだろうか。

知奈さんが黒い遮光カーテンを閉め、先輩が照明のスイッチを切ると、室内は一気に暗くなった。

プロジェクターの電源を入れると、スクリーンがぱっと光った。まっすぐに伸びる青白い光の筋の中で、細かい埃が銀色に輝いている。

「これ、五月のコンテストのとき、俺たちが撮った映画なんだ」

スクリーンが黒く染まり、それから『バス停』という白い文字が浮かび上がった。タイトルだろうか。

画面が切り替わり、映画がはじまった。

深い山と田んぼに囲まれた道を、古びた路線バスががたがたと揺れながらゆっくりと進んでいく。

次に、停留所を正面から映した定点映像に変わった。

焦げ茶色の木で作られた三方の壁と屋根だけの、質素なバス停。長年風雨にさらされているのか、今にも崩れそうだ。

屋根の下に置かれているベンチは、もともとは青かったのだろうけれど、今は粉をふいたように色褪《いろあ》せて薄い水色になった、古びたプラスチック製のものだった。こちらも今にも朽ちてしまいそうに見える。バスを待つ人は誰もいない。

そしてバス停のうしろには、大きな大きな桜の老木が立っていた。背後にあるというより、バス停に覆い被さっているかのように、太い幹が大きく斜めに傾いていて、細い枝は屋根の向こうまで広がっている。

春の終わりなのだろう、桜の花はほとんど散っていて、梢の向こうにある新緑の山と淡い青空が、その隙間からよく見えた。時おり風が吹くと、名残の花びらがはらはらと舞い散る。

木洩《こも》れ陽《び》が地面にレースのような模様を作っている。

やがてバスがやってきて、停まるかと思ったら少しスピードを落としただけでそのまま素通りしていった。小さなバス停なので乗る人も降りる人もいないのだろう。

真上にあった太陽が傾き、空が夕焼けに染まり、それからあたりが暗くなったころ、またバスがやってきた。今度はきいきいとブレーキ音を響かせながら停まり、誰かが降りてくる。

バスが灰色の排気ガスを吐き出しながら去ったあと、月明かりだけに照らされたバス停に残されたのは、制服姿の映人先輩だった。

突如スクリーンに映し出された姿に驚き、思わず現実世界の先輩に目を向けると、彼は少し照れくさそうな顔で笑った。

わたしも小さく笑って、またスクリーンに視線を戻す。

映像の中の先輩が、少し疲れたような表情で夜空を仰ぐ。月の光を浴びると肌の白さが際立ち、背景全体の雰囲気と相まって、なんだか画面から神秘的な空気が漂ってくる気がする。

彼は荷物を重そうに抱え直し、数歩進んで、少し気だるげな動作でベンチに腰かけた。

なにか音でも聞こえてきたのか、ふと横を見る。感情の読み取れない端正な横顔が、じっと夜闇の先を見つめる。しばらくして彼はまた視線を戻した。

ふいに風が吹き、桜の花びらがはらはらと夜空に飛んでいく。髪がふわりと風に踊り、かすかな光につやめく。

ベンチに座ってぼんやりとこちらを眺めていた先輩は、ペットボトルの水を一口飲んでから、ゆっくりと立ち上がって歩き出し、画面から姿を消した。

暗転し、青紫の薄闇のバス停が映し出される。夜明け前の時間なのだろう。しばらくして、先輩が歩いてやってきて、ベンチに座って空を眺めて、そして前日と同じバスに乗り込んだ。

朝になって昼になって夕方になって、その間にやってきたいくつかのバスは素通りしていって、またすっかり暗くなったころ、先輩がバスから降りてきた。

同じようにペットボトルの水を飲んでから立ち去る。

再び暗転して、微かな蝉《せみ》の鳴き声がスピーカーから流れ出した。鳴き声が大きくなるのに合わせて画面が明るくなっていき、バス停が映し出される。今度は半袖のシャツを着た先輩が現れた。日が長くなっているようで、すでにあたりは明るい。

桜の木には、夏のにおいが漂ってきそうな、濃い緑の葉が繁っていた。その下を、先輩を乗せたバスが去っていく。

そして帰りのバスが到着し、まだ西の空に昼の気配が残っている中を、先輩は歩いていく。

次のシーンでは、朝日に照らし出された桜の木の葉が真っ赤に染まっていた。背後の山々にも、鮮やかなオレンジや黄色、赤や茶色が目立つ。季節は秋になったらしい。

　桜の木も紅葉するんだ、とわたしは十六年生きてきて初めて知る。考えてみれば当然なのだけれど、桜の紅葉なんて想像もしたことがなかった。

　長袖に戻った先輩はまた、朝のバスに乗り、夜のバスで帰ってきて、満天の星空の下を歩いて去っていった。

　また暗転して、冬。

　枝と幹だけになった寂しげな姿の桜の木の周りに、粉雪がはらはら舞っている。

　行きのバスは、見ているわたしも肌寒く感じるほどの闇をヘッドライトで照らしながら走ってきた。

　先輩はマフラーを何重にも巻いた肩をすくめて、白い息を吐き出しながらバスに乗り、夜になってバスを降りると、やっぱり寒そうに身体を縮めながら家路についた。

　冬枯れの木は、ぴくりとも動かない。

　そして、再び春がきて、また花が咲いた。

　でも、そこに先輩の姿はない。バスは素通りしていった。

　雨がしとしと降り出した。

　彼は、学校を卒業したのだろう。だから、バス停の唯一の利用者がいなくなってしまった。

この停留所が廃止されるのも、もしかしたら時間の問題なのかもしれない。

誰ひとり訪れなくなった無人のバス停を覆い隠すような満開の桜だけが、小雨の降る中、ゆったりと風に揺れていた。


「去年の四月から一年かけて撮った労作よ」

知奈さんの言葉に、わたしはやっと我に返った。

気がつくと、スクリーンにはエンドロールが流れている。

「すごいです……」

わたしは鼓動の早い胸を押さえながら、小さく呟く。

「すごく、すごく素敵な作品でした。なんていうか、シンプルなんだけど複雑というか……。季節の移り変わりと、自然の美しさと、寂《さび》れていく町の切なさと、主人公の人生が、バス停の映像だけで伝わってきて。こんな見せ方もあるんだなって、感激しました」

この気持ちをうまく表せる言葉を思いつけないことに歯がゆさを感じながらも、なんとか感想を伝える。

先輩はぱっと顔を輝かせて、満面の笑みを浮かべた。

「わあ、ありがとう。すごく嬉しい。見てくれてありがとう、美雨さん」

また、彼の眩しさに目を細める。

きっとわたしなら、もしも自分の作品を褒めてもらったとしても、「そんなことないです」だとか「つまらないものを見せてしまってすみません」だとか、自分で否定してしまう。だって、お世辞かもしれないのに言葉通りに受け取ってしまったら、調子に乗っていると思われてしまいそうだから。

でも先輩は、わたしのせいいっぱいの褒め言葉を、そのまま丸ごと受け取って、喜んでくれる。

それは、言った側にとっても、とても気持ちのいいことなのだと、わたしは初めて知った。

せっかく懸命に紡いだ言葉を相手に否定されてしまったら、無駄骨を折ったような気持ちになるのだ。

わたしは今まで、そんなに褒められたこともないけれど、何度かはそういう言葉をもらったことがあった。

もちろん嬉しさもあるのだけれど、でも、周りから悪く思われるのが怖くて、「いやいや、そんなことはない、わたしなんてだめだ」と首を振ってきた。先輩のように「ありがとう」とお礼を言ったことなんて一度もない。

それは、謙遜《けんそん》と言えば聞こえはいいかもしれないけれど、実際には卑屈な自己防衛だった。

わたしは今までずっと、自分のことばかり考えて、自分を守るために、せっかく褒めてくれた相手を不愉快な気持ちにさせてしまっていたのかもしれない。

素直に喜ぶ先輩の姿を見て、そんなことを考えさせられた。

「どう、映画作ってみたくなった？　新脚本担当さん」

先輩がにやりと笑う。生き生きとした表情。

わたしは小さくうなずいて答える。

「……わたしにできるのかはわからないですけど。でも、自分の考えたものが映像になるのは、すごく楽しそうだなと思いました」

しかも、それを憧れの先輩が撮ってくれるなんて、恥ずかしいけれどきっとすごく嬉しい。

そんな邪念に気づかれないように、わたしは話題を変える。

「先輩、自分で出演もするんですね」

彼は「いや」と少し困ったように笑った。

「本当は撮影のほうに専念したいんだけど、やってくれる人を見つけられなくて。苦肉の策で、自分で演じて定点カメラで撮るっていう奥の手をね」

すると知奈さんが「当たり前でしょ」と肩をすくめた。

「電車で一時間以上かかる町までわざわざ行って、早朝の始発バスに乗って、なんにもないところで時間つぶしして、また夜になったら終バスに乗って、それを春夏秋冬春って五回もやるっていうんだから、まあ普通の人なら断るわよね」

そんなにまでして撮った作品なのか、とわたしは驚きを隠せない。

先輩が「そうかなあ」と首をかしげながらつづける。

「というか、最初は女の子が主人公で、知奈を主役にして撮る予定だったんだけど、一回目の撮影のときに急に『もう嫌、降板する！』って言って、ナシになったんだ」

「ちょっと、その言い方だとわたしのわがままでやめたみたいじゃないの」

知奈さんが眉をひそめ、それからわたしに向かって言った。

「あのね、映人って優しそうに見えるでしょ？」

「え……」

彼女の言葉を受けて、わたしの頭の中では大きな疑問が生じた。

誰かの交際相手について、優しいという好意的な評価を正直に肯定していいのだろうか。しかもそのカップルのふたりともを目の前にして。

否定したらもちろん気を悪くするだろうし、かと言ってその通りですと肯定したらそれはそれで不愉快な思いをさせるのではないか。

そもそも、自分の彼氏を好意的な目で見られるというのはどんな気持ちになるのだろう。誰かと付き合ったりしたことのないわたしには、とうてい想像もつかないシチュエーション。身内を褒められたように嬉しく感じるのか、それとも狙われているのではないかと警戒するのか。

なにもやましいところがないのなら屈託なくうなずけるのかもしれないけれど、やましさ満載のわたしにとっては非常に難しい問題だった。

ほんの一秒ほどの間にぐるぐる考えた結果、でもわたしは小さくうなずいた。

「あ、はい……」

よく考えたら、あなたの彼氏は優しそうには見えません、なんて答えるほうが大問題だった。

「優しそう、と、思います……」

すると知奈さんは「でしょ？　でもね」と人差し指を立てて、怒濤《どとう》の勢いで話しはじめた。

「こいつ物腰は柔らかいくせに、遠慮なくがんがん注文つけるのよ。『もうちょっと上品な憂《うれ》いのある表情で』とか、『歩き方をもう少しそこはかとなく疲れてる感出しつつもう一回』とか、『今のやつ花の散り方が微妙だったからもう一回撮り直し』とか、朗らかーな穏やかーな笑顔で、何回も何回もあれこれ言ってくるの。こっちはプロの役者どころか役者志望ですらないのに、ほんと容赦なく、なんかよくわからないぼやーっとした要求してきて、もう細かい細かい！　で、平然と何十回もやり直しするわけよ。それでわたしはもう付き合ってらんない！ってなって、それ以来、裏方しかやらないって決めてるの」

「なるほど……そうなんですね」

　彼女の勢いに圧倒されてこくこくとうなずいていると、映人先輩が「でもさあ」と割って入ってきた。

「せっかく撮るんだから少しでもいいものにしたいだろ？　機材とかはもうお金の問題でどうにもならないけど、それ以外は自分たちの努力次第でなんとかできる部分だからさ。ちょっとでも気になるところがあるのに、しかもなんとかできる部分なのに、まあいっかって放っといたら、気になって気になって眠れないんだよ。だから、その場で直せるものは直しておきたい」

「だからー、映人が完璧主義なのは知ってるけど、ちょっとでもよくしたい気持ちもわかるけど、でも限度ってもんがあるでしょ。ていうか、二回目の春ってわざわざ撮る必要あった？　一回目のときにまとめて撮っておけば、ロケ四回で済んだのに」

「いやいやなにをおっしゃいますやら。一回目の春と二回目の春が同じ日だったら、この作品の根本から揺らいじゃうからね？　桜の花の咲き方も空の色も、背景の山の緑の色とか田んぼや畑の色も、去年と今年じゃ少しずつちがうし、バス停もバスも一年かけて色褪せ方とか傷のつき方とか変わっていってるはずだから。それが二回目の春で人工物も自然も元に戻ってたら、なんだこれ？　タイムスリップもの？ってなっちゃうだろ。だから絶対二回目の春もロケは必要なんだよ。むしろいちばん大事なところだったんだよ」

「誰もそんな細かいとこまで見てないし、見ても気づかないって」

「誰にも気づかれないとしてもこだわりたいんだよ」

「だからそうやって自己満でこだわりまくるから誰もついてこれないんだってば。ほんっと頑固だな！」

「それで言ったら知奈も頑固だろ」

「ふ……っ」

終わりの見えないふたりのやりとりがおかしくて、わたしは思わず口を開けて笑ってしまった。

「ふふ、あははっ」

でも次の瞬間、この笑い方では歯が見えてしまうと気づいて、我に返る。

やばいやばい、と慌ててうつむいて口を閉じ、手で押さえて隠す。

それから視線を上げると、映人先輩と知奈さんが目を丸くしてこちらを見ていた。

と同時に、彼女が「わあ」と声を上げた。

「美雨ちゃん、八重歯あるんだね。気づかなかった」

「……っ！」

かっと顔が熱くなる。両手で顔を覆うようにしてさらにうつむいた。

ああ、ばれてしまった。やっぱり見られてしまっていた。一瞬にして谷底に突き落とされたような気分だった。

ため息まじりのお母さんの声が甦ってくる。

『みっともない……』

『美雨は八重歯が目立つから、大口開けて笑わないようにしなさい』

あの日から変わった、わたしの笑い方。いつも作り笑いを貼りつけている気がして窮屈だったけれど、変な顔と思われるよりずっとマシだったし、いつしか慣れてなにも感じなくなった。口を閉じたまま笑うのが普通になっていった。

素直に心のままに笑う方法は、もう何年も忘れてしまっていた。

それなのに、先輩と近づけたことが嬉しくて、舞い上がって、油断してしまった。

憧れの先輩と、綺麗な知奈さんにだけは、こんな顔は見られたくなかったのに。

絶望感に包まれていたとき、突然、身体に衝撃を受けた。

「可愛いー！」

耳許《みみもと》で知奈さんの声がした。抱きつかれてるのだと、やっと把握する。

えっ、と声を上げてしまった。

可愛い？　なにが？　聞きまちがいだろうか。

驚きに言葉も見つからないまま知奈さんを見ると、彼女は嬉しそうに笑っている。

「八重歯、超可愛い！　最高！」

「え……はっ？」

「美雨ちゃんは唇が薄くて、そこがとてつもなくいいと思ってたんだけど、さらに八重歯とか！　もう無敵だよー最高！」

「え……無敵？　ど、どういう……」

やっぱりどう考えても耳がおかしい気がする。最高だとか無敵だとか、わたしのどこにもそんな要素はない。人より劣っている部分しかないのに。

戸惑いを隠せずにいると、知奈さんはやけにうきうきとした様子で答えた。

「最高に魅力的ってこと！」

みりょく。みりょく？

何度心の中で反芻してみても、あまりにも自分とはかけ離れた単語で、理解が追いつかない。

その間にも、彼女はぐっとわたしに顔を近づけてまじまじと見つめながら、ひとりごとのようになにか言っている。

「色白でお肌つるつるすべすべだから、ファンデは超超ナチュラル一択。下地オンリーでもいいくらい。チークはコーラルピンク系をふわっと入れると絶対可愛いよなー、もう絶対最高に可愛い。口紅はやっぱりピーチオレンジが似合うかなあ。あっでも真っ赤な唇から覗く八重歯っていうのもミステリアスでいいかもしんない。もうすんごい濃いー赤、ブラッディレッド。ヴァンパイア風みたいな。そんで美雨ちゃんは目がね、目がすごくいいもんね。目尻に細め長めのアイライン引いて、ライトブラウンのシャドーだけで十分、マスカラもアイブローもぜんぜん薄めでいい。で、髪ですよ髪！　これはもう、なんっにもいじらなくていい、このままがいちばん可愛い！あっでも湿気が多いとへたっちゃうのかな？　だったらほんのちょっとだけワックスつけてふんわりさせて……あーっ、わくわくしてきたー！」

わたしは言葉もなく、ぽかんと彼女を見つめ返すことしかできない。

ヘアメイクの話をしていることは、なんとなくわかる。でも、親が厳しくて化粧など一度もしたことのないわたしは、まったくイメージが湧かない。それに、どうして知奈さんがわたしにこんなことを言うのかもまったく理解ができない。

助けを求めるように映人先輩のほうに視線を向けたわたしは、思わず目を見張った。

机に覆い被さるような姿勢で座っている彼は、まったくこちらを見ていない。わたしたちのやりとりなど少しも意に介さない様子で、ぶつぶつ言いながらノートになにかを書き込んでいる。

「――霧みたいな雨が降ってて、そよ風が吹いて髪がふわふわ踊って、服の裾も踊る。そこに揚羽蝶《あげはちょう》が飛んできて、雨の中ふらふら飛んでるのが可哀想で手を差し伸べて、手の甲に止まった蝶に顔を近づけて、ふいに笑顔になって……。わーどうしよ、どんどんアイディア降ってくる。書くのが間に合わない」

突然どうしたんだろう。急に映画のことをなにか思いついたのだろうか。

怪訝に思いながら、ペンを動かす先輩の横顔を見ていたら、その目がふいにこちらを見た。どきりと胸が高鳴る。

「美雨さん、やっぱり新作のイメージぴったりなんだ、すごく」

真剣な表情で、まっすぐな眼差しで言われて、どくどくと鼓動が速くなる。

「新作は雨をテーマに撮ろうと思ってて、映像のイメージも断片的には決めてるんだけど、まだ細かいところはぜんぜん決まってなくて悩んでたんだ。でも、美雨さんを見てるとすごく撮りたい映像のイメージとかストーリーが湧いてくるんだよ」

「………」

先輩がどういうつもりで言っているのかわからないので、わたしもどう答えればいいかわからない。

もしかして、まだ映画に出てほしいと思っているのだろうか。本当に、どうしてわたしなんかに？

先輩の力になれるのなら協力したいという気持ちはもちろんあるけれど、でも、やっぱり撮られるのはどうしても無理だった。わたしは映像どころか写真でさえ、映るのがきらいなのだ。

そんなわたしの考えが伝わったのか、先輩が「あ」と声を上げる。

「でも、美雨さん、映画に出るのは嫌なんだもんな。ごめんね、また蒸し返しちゃって……」

「……すみません」

お母さんが言った『みっともない』という言葉が、また鼓膜《こまく》の奥に甦った。

先輩たちはちょっと変わっているから、もしかしたら本当に、わたしのそばかすや八重歯や赤茶けた癖っ毛を、おかしいだとかみっともないだとか思っていないのかもしれない。

でも、それはきっと少数派だ。ほとんどの人は、きっとわたしが映画に出たりしたら笑うだろう。

だからといって、『見た目に自信がないから、みんなに馬鹿にされそうだから、出られません』とは言えない。そんなことを言ったら、先輩も知奈さんもどう返せばいいかわからなくて困ってしまうだろう。

「あの……わたし、すごく人見知りだし、上がり症だし、目立つのとか人前で話すのとか本当に無理なので……ごめんなさい」

なんとか言葉を選んで、この答えならうそにはならない、という答え方をした。わたしは見た目の理由だけではなく性格的にも人に見られるのは苦手だった。

外見のコンプレックスを口にすると相手に気を遣わせてしまうのに、内面のだめなところは口にしやすいのはどうしてだろう。外見を変えるのは時間もお金もかかるから難しいけれど、内面は自分の気持ち次第で簡単に変えられるものだと、一般的に思われているからだろうか。

でも、性格や考え方を変えるのだって、すごく難しいと思う。どんなにお金をかけたって変えられないから、もしかしたら容姿を変えるよりも難しいかもしれない。

大人になれば、髪を染めたりストレートパーマをかけたり、上手にメイクをしたりして、コンプレックスを少しは解消できるかもしれない。でもわたしはきっと一生、この根暗で卑屈な性格だけは変えられないまま、抱えて生きていくのだろう。

「いいのいいの、気にしないで。脚本書いてくれるだけでも大助かりだから」

知奈さんが明るく笑って言ってくれたけれど、わたしはなかなか顔を上げられなかった。

「いや、でも、あの、本なんて書いたことないですし、絶対ちゃんとしたの書けないですけど……」

楽しそうかもしれない、という軽い気持ちで誘いを受けてしまったけれど、よく考えたら、本は読む専門で物語などまともに書けたことがなく、全部中途半端に放り出してしまっているわたしが、ちゃんとした脚本など書けるわけがなかった。

誘いに乗ったことで逆に迷惑をかけてしまうことになるんじゃないか、と激しい後悔に襲われていたとき、映人先輩が「考えすぎだよ」と微笑んで言った。

「ちゃんとしたもの書かなきゃ、なんて気負わなくていいんだよ。最初から満足のいくものなんて作れるわけないんだから」

わたしはぱちぱちと瞬きをしながら彼を見つめ返す。

頼まれて引き受けたわたしには、先輩の期待に応えられるようなものを書く義務と責任があるのではないだろうか。気負わないといけないんじゃないだろうか。

「もしもうまくいかなかったとしても、みんなで話し合って意見を出し合って、みんなでいいものにしていけばいいんだよ。そのために映画は、ひとりじゃなくてみんなで作るんだから」

呆気にとられるわたしに、先輩はいたずらっぽく笑って「創作活動に失敗はつきものの」と言った。

「最初の作品なんて、自分でも見返すのがつらい、みたいなのが当たり前だと思うよ。ちなみに俺が最初に作った映画は、ＳＦとゾンビホラーとミステリーのごった煮みたいなやつで、俺的には『超斬新で超面白いんじゃないか!?』って思って作ったんだけど、知奈に『一ミリも理解できない、欲張りすぎ、つまらなすぎ』って一刀両断されて、お蔵入りだよ。まあ、今観てみると本当にひとりよがりでワケわかんない映画なんだけどね」

先輩は心底おかしそうに笑った。

そんな経験すら笑い話に変えられる強さが、わたしにはあまりに眩しかった。

雨《あま》打《うち》際《ぎわ》の水溜り

Amautigiwa

＊

「映研どう？　楽しい？」

放課後、部活に行こうと鞄を肩にかけて立ち上がったとき、永莉から声をかけられた。

「うん、楽しいよ」

わたしはうなずいて答える。

「って言ってもわたしはまだなにもしてないけど。映画のことぜんぜん知らないからいろんなの観てみたり、映画の撮り方の本とか読んだりしながら、先輩たちがやってることと見てるだけって感じ」

「そっかあ、相変わらず真面目だね、偉い。……で、どう、高遠先輩との距離は縮まったりした？」

妙にわくわくしたような顔で訊いてきた彼女に、わたしは眉を下げて「そんなわけないじゃん」と両手を振る。

「だって先輩、付き合ってる人いるんだから。しかも部内に」

「まあそうだけど、それはまた別として、先輩後輩として仲良くなったりするでしょ？」

「……それは、まあ……映画の話聞かせてもらったりはしてるけど、それだけだよ」

知奈さんがどう思うかを考えると、目の前で必要以上に話しかける気にはなれない。

彼女はさっぱりした人だから、わたしが先輩と話していても不機嫌な顔ひとつしないで普通にしているけれど、実は内心では苛立ちを我慢しているかもしれない。

でも、少しだけ、思ったりする。

『自分の彼氏がずっと他の女の子としゃべっていても、嫉妬すらしないの？』

『それって本当に好きなの？　好きなら嫉妬するのが普通じゃないの？』

『わたしのほうがずっとずっと映人先輩のことを好きなんじゃないの？』

わたしなんかにも優しく、気さくに接してくれる知奈さんに対して、そんなことを思ってしまう。最低だ。

底意地の悪いことを考えてしまう自分がいるのを、わたしは必死で見ないようにしていた。これ以上、醜い人間になりたくなかった。

永莉と話していると、その汚い部分をおもてに、口に出してしまいそうで、わたしは「じゃあね」と手を振り逃げるように教室を出た。

雨は今日も降っている。

でもこの前までと比べたらずいぶんと小降りで、このままいけば帰るころには止んでいそうだった。

今年の梅雨は例年より降水量がかなり多い上に長引いているけれど、来週には明ける見込みらしい。朝のニュースで言っていた。

これから一気に暑くなり、やっと毎朝の湿気との戦いが少しは楽になるだろう。でもまあ、夏は夏で、汗のせいで髪がぐちゃぐちゃになることも多いから、苦労は終わらないけれど。ちなみに冬は乾燥でぱさつくので大変だ。

ふう、とため息をつきながら、上靴を脱いでローファーに履き替え、生徒玄関を出て部室棟に向かって歩き出す。

途中、本棟から体育館へとつづく渡り廊下を横切った。

ふと視線を落としたとき、渡り廊下から数十センチほど離れた地面に深い窪《くぼ》みがあり、大きな水溜りができているのを見つけた。水面には薄い雲の流れる空が映っている。ときどき水滴が落ちてきて、小さな波紋で空が歪む。

どうしてこんなところに水溜りがあるんだろう、と不思議に思いつつ頭上に目を向けて、なるほどと気がつく。ちょうど真上に、渡り廊下の屋根の雨樋《あまどい》があった。年季の入ったトタンは一部歪んでいて、そこに屋根に降った雨水が集まり、軒下に落ちてくるのだ。

雨に打たれて、その水滴に地面が少しずつ削られて、窪んだ部分に水溜りができるようになったのだろう。

ほんの小さな雨粒が、長い時間をかけて地面に穴を開け、そしてたくさんたくさん集まってこんなに大きな水溜りを作ったのだ。

映人先輩へのわたしの想いもこんなふうに、些細なきっかけや小さな胸の高鳴りが積み重なって、降り積もって、諦めようにも諦めきれないほどに大きくなってしまった。

彼女がいて、しかも傍目《はため》にもとてもうまくいっていて、そんな人を想うなんてあまりにも不毛だ。

でも、だからといって簡単に諦められるくらいなら、そもそもこんなに悩んでいない。

ちっとも思い通りにならない自分の心が、忌々しくてしかたがない。

わたしはまた大きなため息を吐き出して、ゆっくりと部室に向かった。

＊

映研に入ってから二週間が経った。

脚本を担当するという名目で入ったけれど、案の定、突然いい物語を思いついたりできるわけもなく、まだ一文字も書けていない。

映人先輩は「焦らなくてもいいよ、まだ時間はあるから」と言ってくれているけれど、あまりにも役立たずな自分が申し訳なくて、わたしは毎日部室の整理に勤しんでいた。

本棚には、歴代の部員が制作してきた作品のフィルムやビデオテープやディスク類、ネタをメモしたノート、プロットや脚本や絵コンテなどが大量に保管されている。それだけでなく、商業映画のポスターやパンフレット、誰かが置いていった私物のＤＶＤなどまであって、今にもあふれ返りそうになっているのだ。

わたしはそれを種類ごと、年代ごとに分類して並べ替えていく作業をしていた。

「美雨ちゃん、ありがとねー」

パイプ椅子に座ってヘアスタイルの雑誌を読みながら、なにかノートにまとめる作業をしていた知奈さんが、そう声をかけてきた。

映人先輩は今、生徒会の部活動会議に出席しているので、部室にはわたしと彼女のふたりだけだった。

「片付けてくれるのはすごく助かるけど、でも無理しないでいいんだからね。ほどほどに、ほどほどに」

「いいえ、あの、なんの役にも立ててないので、せめてこれくらいはがんばらせてください」

恐縮しながら答えると、彼女は「そんなの気にしなくていいのに」と笑った。

「べつに美雨ちゃんに役に立ってほしくて映研に誘ったわけじゃないんだから。仕事とかじゃないんだし、役に立たなきゃなんて考えなくていいんだよ」

「ありがとうございます」

と笑って答えつつも、わたしはやっぱり手を止めない。止められない。

せめて目に見える形の成果を出さないと、自分の存在価値が、ゼロどころかマイナスになってしまう気がする。

映画を作るという部活の本来の活動にとってまったく力になれないのだから、せめて雑用くらいはしないと、自分がここにいてもいいと思えない。

毎日の放課後の時間を、居心地のいい空間で過ごさせてくれる先輩たちに、少しでも報いたかった。

「あっ、ねえねえ美雨ちゃん、これ見てみてー」

「はい、なんですか？」

知奈さんに手招きされたので、わたしは作業を中断して彼女のとなりに立つ。彼女は雑誌のページをわたしに見せながら言った。

「これ、めっちゃ可愛くない？」

「どれですか？」

彼女の華奢《きゃしゃ》な手が指差しているのは、長い髪を風になびかせながら海辺に立つ、綺麗なモデルさん。柔らかそうな生地の、少し透ける白のワンピースを着ていて、その裾が足にまとわりつくように風に踊っている。

「この服、美雨ちゃんに似合いそう」

わたしは目を丸くして、ぶんぶんと首を振った。

「ええっ、ないない、絶対ないです」

お母さんにもいつも言われているのだ。

『美雨は地味な顔だし、痩せぎすだから、スカートは似合わないわよ。ミニスカなんて男に媚《こ》びるような服はみっともないからやめなさい。あなたはTシャツとジーンズがいちばんまし』

だから、スカートは制服以外では着ない。ワンピースなんてもってのほかだ。

そんなコンプレックスを抱えていることが知奈さんに伝わらないように、わたしはへらりと笑って答える。

「わたし、こういう女の子っぽい綺麗な服とか似合わないんで。私服もズボンしか履かないんですよ」

「ええー、もったいない！　絶対そんなことないよ、似合うと思うよ」

ふっと顔を上げてこちらを見た彼女の動きに合わせて、雑誌のモデルさんに負けないくらい綺麗な黒髪がさらりと揺れる。

と同時に、咲いたばかり花のような、若い果実のような、新鮮で甘い香りがした。知奈さんにとても似合う香りだ。

「……知奈さんの髪、いいにおいですね」

思わず口に出すと、彼女は目を瞬いた。

「え、そう？　シャンプーのにおいかな？」

「ですかね。……なんのシャンプー使ってるんですか？」

つやつやの滑らかな髪。しっとりと潤いがあって、癖ひとつなくまっすぐで、天使の輪が光っている。どんなシャンプーを使ったら、こんな綺麗な髪になれるんだろう。

そんなことを考えていたら、無意識のうちに訊ねていた。

もしかしたら、何千円もするような高級なやつかも。そう思っていたのに、知奈さんが答えた商品名は、どこのスーパーやドラッグストアでも売っている、市販の定番商品だった。うちでも使ったことがある。でも、わたしの髪はぜんぜん綺麗にならなかった。ぱさぱさに乾燥した癖っ毛のまま。

そうか、知奈さんの綺麗な髪は生まれつきか、と心の中でため息をついた。生まれながらに彼女は綺麗で、わたしはその反対。

敵うわけないな、と考えてしまってから、この期に及んで彼女と勝負をするつもりでいるらしい自分に気づいて辟易《へきえき》した。

知奈さんから映人先輩を奪いたいとでも思っていたのか、わたしは。そんなことできるわけがないし、していいわけもないのに。何様のつもりだ。映画に出てほしいと言われて、彼に選ばれたような気がして、浮わついてしまっているのか。

初めは知奈さんを主役にして撮ったのだと、先輩は言っていた。つまり彼は、本当はきっと彼女を撮りたいのだ。

でも知奈さんが嫌だと言ったから、彼女のことを尊重して、代わりを探していてたまたまわたしが目についた。

それだけのこと。

それなのに調子に乗って、いい気になって、わたしは本当に馬鹿だ。

＊

家に帰ると、料理中のお母さんに「遅かったわね」と声をかけられた。

「ごめん、部室の片付けやってて遅くなっちゃった」

わたしは軽く笑って答える。

知奈さんを羨む気持ちで胸が苦しくて、それを紛らわすために必死に手を動かしていたら、下校時刻を過ぎてしまっていたのだ。

映人先輩は、「会議が長引いた」と少し疲れた顔をして、部活の時間が終わるころに部室に戻ってきた。それから少し会議内容の話をして、知奈さんとふたりで帰っていった。

わたしの答えを聞いたお母さんが、眉をくいっと吊り上げる。

「なあに美雨、片付けなんてさせられてるの？　先輩から誘われたって言ってたけど、やっぱり体のいい雑用係が欲しかっただけなんじゃないの」

しまった、とわたしは青ざめる。

「ち、ちが……先輩たちはそんな人じゃないよ」

わたしがうまく言い訳できなかったせいで、先輩たちが悪く言われてしまった。

なんとかお母さんの印象を変えたくて、必死に言葉をつなぐ。

「片づけは頼まれたんじゃなくて、わたしが自分からやってるの。先輩は本当に映画が好きで、全力で映画作りに取り組んでるすごい人だよ。撮った映画も見せてもらったけど、すごくよくて、本格的で……」

「それ、男の先輩？」

わたしの言葉を遮《さえぎ》るようにお母さんが訊ねてきた。

「え、うん……」

「ああ、そう。そういうこと。……色ボケしちゃって、嫌ねえ……」

ぼそりとひとりごとのように呟いたお母さんの声が、はっきりと耳に届いた。

かあっと頭に血が昇る。そんなつもりじゃなかったのに。

たしかに映人先輩に特別な感情を持っているけれど、それとは関係なく、先輩の映画に対する情熱を尊敬しているということが言いたかっただけなのに。

うまく伝わらない。伝えられない。お母さんの呆れたような表情を見ると、言葉が出なくなってしまう。

ぎゅうっと胸が苦しくなった。

「でもどちらにせよ美雨は雑用係なんでしょう。やめちゃいなさいよ、そんな部活」

お母さんはそもそも、わたしが映研に入るのを快く思っていなかったのだ。

『せっかく部活に入るんなら、映画なんて遊びみたいな部活じゃなくて、もっと将来のためになることが身につくところにしなさいよ。運動音痴だからスポーツは無理にしても、文化部でも英会話とか古典部とか新聞部とか勉強になる部活があるでしょ』

入部届に保護者印をもらおうとしたとき、そんなふうに言われた。

それでわたしは、たまたま知り合った先輩に人手が足りないから映研に入らないかと誘われたのだと事情を話した。

そのときは、そういう経緯なら、と納得したような顔をお母さんはしていたけれど、諸手《もろて》を挙げて賛成というわけではないようで、ときどき「やめちゃえば」と軽く言われる。

「そもそも、美雨に芸術系の部活なんてできるとは思えないしねえ。だって、芸術って特別な感性とかセンスとか、生まれながらの才能が必要なのよ？　美雨にはそんなものないじゃない。絶対無理よ」

お母さんが決めつけるように言った。断定的な口調で言われると、口答えなんてできなくなる。

わたしは意識して笑みを貼りつけた。

「はは、だよねー……わたしにできるわけないよね……。でも、引き受けたからには今さら断れないし、すぐにやめるとかは無理だけど……」

「まあ、それもそうね」

お母さんがふっと鼻で笑ったような気がした。

ぽたぽた落ちてくる雨粒が、心の穴を少しずつ大きくしていく。

いつも通りの自分を装って夕飯を食べ終えると、どっと疲れてしまった。

早々にお風呂に入って、自室に引きこもる。

先週の土日に課題や予習はまとめて終わらせておいたから、今日はもう勉強はしないことにした。というか勉強に向き合うだけの気力が出てこない。

ベッドに入って布団にくるまり、スマホで小説アプリを開く。

野いちごの読者メニューを見てみると、お気に入りの一作が十ページ以上も更新されていた。ずっと心待ちにしていた作品だ。

よっしゃ、とガッツポーズでもしたい気分でさっそく読みはじめる。

すぐにのめり込んで、夢中になった。

高校の生徒会を舞台にしたラブコメで、主人公たちのやりとりが楽しくて、ヒーローのかっこよさに胸きゅんして、にやにやしながら読んだ。

すると、読み終えたころには、沈んだ気持ちがすっかり上向いていた。

すぐに感想ノートを開いて、コメントを書き込んだ。

『ずっと待ってました。更新ありがとうございます！　すごく面白くて、今日はちょっと嫌なことがあったけど、元気が出ました。楽しい作品ありがとうございます。つづき楽しみにしてます』

嫌なことも悩みも、小説に夢中になっている間、作品世界のことで頭がいっぱいになっている間だけは忘れられる。

わたしにとって読書は、なにかためになる知識を身につけるためではなく、現実逃避の手段なのだ。

ぽっかり穴が開いて、不満の水が溜まっていたけれど、それが少しずつ蒸発していった。

＊

放課後、わたしは職員室に向かっていた。係の仕事で、クラス全員分の現代文ノートを回収して、教科担当の先生のもとへと運ぶ途中だ。

職員室に辿り着き、入り口のドアをノックしながら、

「一年B組の音沢です。課題を持ってきました。失礼します」

と声をかけて中に入る。

現代文の先生の席を見ると、誰も座っていない。念のため、職員室中を見渡したけれど、先生は席を外しているようだった。

先生の机の上にノートを置き、ずれたところを直していたとき、左側に立てられているパーテーションの奥から、「あのなあ」と呆れたような声が聞こえてきた。

「高遠、よーく考えろよ」

耳に飛び込んできたその名前に、わたしはぱっとそちらへ目を向けた。

パーテーションに仕切られた職員室の片隅。長机とパイプ椅子が置いてあり、簡単な面談などでときどき使われている場所だ。

「先生は、高遠のためを思って言ってるんだからな？」

高遠。先輩の名字と同じだ。そんなによくある名前ではないから、映人先輩の可能性が高いと思う。

この向こうに先輩がいるかもしれない、と思うと、突然の遭遇に胸が高鳴った。

「悪いことは言わないから、ちょっと考え直せ。ちゃんと考えろ。で、これ、書き直してこい」

でも、先生の言葉の内容を理解しはじめると、なんだか雲行きが怪しいとわかった。

盗み聞きをするつもりはないけれど、思わず聞き耳を立ててしまう。いったいなんの話をしているのだろう。

「でも……」

静かな声が聞こえてきた。やっぱり、先輩の声だった。

「これが僕の小さいときからの夢なんです」

あ、映画の話をしてるのか、とすぐにわかった。

ちょうど先週、進路希望調査があった。志望大学と志望の学部学科を書く欄があり、最後は将来就きたい職業として、研究職だとか営業職だとか専門職だとかその他の職種だとか羅列されていて、その中から希望のものを選ぶようになっていた。わたしは、お母さんに言われている通り、『公務員』を選んだ。

たぶん二年生にも同じような用紙が配られて、まっすぐな先輩のことだから、きっと嘘をつくこともごまかすこともせずに、堂々と『映画監督』と書いたのだろう。

「ああ、ああ。それはわかってるよ、何度も聞いたからな」

先生は少し苛々したように早口で言う。

嫌な感じだった。まるで聞き分けの悪い子どもを適当にあしらうような口調。

胸がざわついてくる。これは先輩の個人的な話だ、聞いてはいけない、と思うけれど、どうしても気になってしまって、身体が動かない。

「お前が夢を追いたい気持ちは、わかる。でもなあ、いくらなんでもおかしいだろう。小学校の文集じゃあるまいし……。高校の進路指導っていうのは、もっと地に足のついた目標の話をするところなんだ。みんなちゃんと『現実的な目標』を書いてるんだよ。お前も馬鹿じゃないんだから、わかるだろう」

現実的な目標、という部分を、先生はわざとらしいくらいにゆっくり、力をこめて強調した。

お母さんがわたしに向ける小言に、どこか似ている。

動悸が激しくなる。なんだか勝手に、まるで自分に言われているような気がしてきて、息苦しかった。

そのとき、ずっと黙っていた先輩が、「あの」と口を開いた。

「僕の夢は、非現実的で、地に足がついていないということですか？」

きょとんとした顔が目に浮かぶような声音だった。

「はっ？　当たり前だろ！」

先生が叫ぶように言い、それからすぐに、周りを気にしたのか、少し声を落とす。

「あのなあ……映画監督なんて、非現実的に決まってるじゃないか。ちょっと考えたらわかるだろ、誰だってそう言うぞ」

「どうしてですか？」

先輩の口調は、ただ純粋に疑問に思ったから訊ねている、というような、まるで子どものような口調だった。

先生の声が「はあ？」と裏返る。

「どうしてって、お前……ああいう特別な仕事は、特別な才能を持ったひと握りの人間しかなれないんだよ」

「もちろんその通りだと思いますけど、でも、なれる人もたしかにいますよね。

その『ひと握り』の中に、僕も入れるかもしれない」

「映画監督なんて、なれるわけないだろうが！」

先生は声を抑えてはいるものの、隠しきれない苛立ちが滲み出している。

「……僕が映画監督になれないって、先生はどうして断言できるんですか？」

先輩の声が少し低くなった。ここまで言われると、さすがに不愉快になったのかもしれない。

「もし僕たちの撮った映画を観てくださったことがあって、それでだめだと思ったところがあったなら、教えていただけると嬉しいです。完璧なものを作れたという自信なんてもちろんこれっぽっちもなくて、僕自身も何度も観返して改善点を日々探してますし、客観的な視点から意見がいただけるならそんなにありがたいことはないですから」

一気にしゃべって一息ついてから、先輩が「でも」とつづける。

「もし先生が僕らの映画を観たことがないのに、僕が映画監督になれるわけがないと仰ったのだとしたら、それはあくまでも一般論で、僕に対する評価ではないということになるので、さすがに僕はその意見を素直に受け取って進路を変更しようという気持ちにはなれません」

「…………」

「僕は、自分はまだ成長途上だと思っているので、これからたくさん努力してたくさん勉強してたくさん経験を積んでからでないと、自分が夢を叶えられるかどうか判断できません。なので現段階では、『ひと握り』に入れる可能性があると思って、そのつもりで映画の勉強をがんばりたいと……」

「屁理屈を言うな！」

鋭い声で、先輩の言葉は遮られた。

「ったく、なんて生意気なやつなんだ……」

先生はひとりごとのようにぶつぶつと言う。

思いもよらない単語が飛んできて、わたしの呼吸が一瞬止まった。

屁理屈？　生意気？　『誰の話ですか？』と、パーテーション越しに問いただしたくなってしまう。

本当に映人先輩のことを言っているのだろうか。まったく先輩には似つかわしくない、もっともほど遠い単語だ。彼が今、懸命に話した内容も、決して屁理屈でもないし、その口調も生意気なんかではなかったと、わたしは思う。

それでも、先生には、そんなふうに聞こえたのだろうか。

「……すみません」

先輩が静かに謝った。

今度はパーテーションを撥ねのけて『先輩は謝る必要ありません』と言いたくなる。

「屁理屈ととられるとは思わず、正直な考えを口にしてしまいました。ただ先生を説得しようと、自分なりに言葉を選んだだけで、決して屁理屈をこねようとしたわけでも、生意気な態度をとろうとしたわけでもありません。気を悪くされたなら、すみませんでした」

とても丁寧な口調だった。それに対して先生は、小さく舌打ちをして、

「そういうところが生意気だって言ってるんだよ……」

と苛立ちを隠さずに応える。

「粋がって小難しい映画なんか観てるから、生意気を言うようになっちまったんじゃないか」

先生がそう言った瞬間、ひゅっ、と息を呑むような音がした。

「それはっ、……」

あんなに大好きな映画を悪く言われて、きっと先輩は反論したかったと思う。でも、これ以上なにか言ったら先生の機嫌がさらに悪くなるだろうということは、傍《はた》から聞いているわたしでもわかった。だから彼は口をつぐんだのだろう。

わたしは先輩の分までぐっと唇を噛む。

「なんか揉めてない？」

ふいに背後で話し声がして、わたしの注意はそちらに向いた。

二年の女子生徒が、パーテーションのほうをちらちらと見ている。すると、となりにいた男子生徒が「ああ」と言った。

「たぶん高遠だよ、A組の」

彼女が軽くうなずき、「あー、高遠くんね」と答える。

「どうせまた映画がどうこうとか言って先生困らせてるんだろ」

「なるほどね……」

ふたりはわたしに聞かれているとは思っていないようで、ささやき声で話しつづける。

ばれないようにゆっくりとそちらを見ていると、彼らの顔には、嫌な感じのにやにやとした笑みが貼りついていた。

わたしは思わずさっと目を背けて、深くうつむいた。あんな顔、見たくない。映人先輩があんな顔で語られているのを見たくない。

「先生も大変だね。あんな子どもみたいなことばっかり言ってる生徒の指導もしなきゃいけないなんて」

それでも、声はどうしても届いてしまう。

「だよなあ。映画監督って……」

ふっと鼻で笑うような音が聞こえてくる。

「女優とかアイドルとか言ってる女子、小中学校のときはいたけどさ。さすがに高校生にもなってそんな夢みたいなこと言う人、なかなかいないよね」

「だよな。男子でＪリーガーとかプロ野球選手とかＮＢＡとか言ってたやつも、みんな今はちゃんと将来のこと考えてるもんな」

「なんか……可哀想だね」

言葉ではそう言いつつも、からかいまじりの声音だった。

「さすがに痛いよな」

「痛い、痛い。たまに映画上映会とか試写会とかやってるけど、よく恥ずかしくないよね」

「まあ、まだガキなんだろ」

「早く大人になれるといいねー」

「あははっ、言い方！」

痛い？　恥ずかしい？　ガキ？　それ、先輩のこと言ってるの？

信じられなかった。ふたりの会話も、さっきの先生の言葉も。

まっすぐに夢に向かって突き進む先輩は、わたしから見たら、ただひたすら眩しくて、尊敬の対象でしかないのに、彼らの目にはそんなふうに映るのか。

なにがおかしいんだろう。先輩はただぼんやり夢を見ているだけじゃなくて、ちゃんと勉強して、ちゃんと行動している。夢を叶えるために、自分の手を動かして、自分の足で歩いている。それなのに、どうして、こんなふうに言われなくちゃいけないんだろう。

気がつくと、顔を上げていた。

「あの！」

そして、声も上げていた。

突然のことに驚いたように、彼らは目を丸くして、怪訝そうにわたしを見る。

ぴっと背筋が伸びた。心臓がどきどきと激しい音を立てている。緊張で吐きそうだ。

でも、どうしても、黙っていられなかった。聞こえないふりなんてできなかった。

「……やめてください」

喉から絞り出した声は、情けなく震えていた。本当に、情けない。

「……は？　なに、この子」

女子の先輩が眉をひそめ、気味悪そうにわたしを見ている。

普段のわたしなら、こんな視線を向けられたら、尻尾を巻いて逃げ出すだろう。

でも、今は、自分のことじゃなくて、映人先輩のことだから。

すうっと息を吸い込み、はあっと吐き出す。

「高遠先輩のことを悪く言うのは、やめてください……」

「はあ？　なになに、高遠の部活の後輩とか？」

男子の先輩がにやにや笑いを浮かべて言った。

「べつに俺ら、高遠の悪口言ってたわけじゃないからな？　客観的に見た事実を言ってるだけだから。映画監督になりたいなんて夢みたいなこと真面目に言ってるの、あいつくらいだろ」

「ゆ、夢みたいなこと」

声がさらに震えてしまって、わたしは一度口をつぐみ、呼吸を整えてからまた開いた。

「夢みたいなこと、言ったらいけないんですか」

だって、わたしは先輩のことをずっと見ていた。先輩がどれほど真面目に、真剣に夢を追っているのか、あなたたちよりもずっとちゃんと知っている。先輩の頭の中は映画のことでいっぱいだと知っている。

映画監督になりたいという先輩の夢は、子どもじみた夢なんかじゃない。本当に、本気で、夢見ているのだ。

「難しい夢を、本気で目指したら、だめなんですか」

「……なにこいつ。うっざ……」

低い声で言われた。確かな悪意を感じ取って、肩が震える。怖かった。

「美雨さん」

突然、うしろから声が降ってきた。

驚いて振り向くと、映人先輩が立っていた。

「先輩……」

いつから聞いていたんだろう。もしかして、彼らの話も、聞いてしまったのだろうか。

先輩が今どんな気持ちなのかを想像すると、なぜだかわたしが泣きたくなった。

でも、先輩は、いつもの柔らかい笑みを浮かべていた。

「大丈夫だよ」

彼はわたしに微笑みかけ、安心させるように言う。

「俺は大丈夫だから、気にしないで」

そう言って、なんでもないように笑う。

目の奥がぎゅうっと痛く、熱くなった。

「……なにこれ、めんどくさ。行こ」

黙ってわたしたちを見ていた女子の先輩がそう言って、男子の先輩の腕を引っ張って職員室を出て行った。

「俺らも出ようか」

先輩がわたしの肩を軽く押し、出口のドアを開ける。わたしはうつむいたまま、先輩のあとを追って廊下に出た。

「ありがとね、美雨さん」

壁際に立ち尽くすわたしに、先輩が優しく声をかけてくれる。

「でも、大丈夫だから、俺はぜーんぜん気にしてないから。だから、美雨さん、泣かないで」

わたしはふるふると首を振った。

「……でも、だって、あんな……」

真剣な夢をあんなふうに、先生からも同級生からも馬鹿にされて。わたしだったら、立ち直れないくらいに落ち込むだろう。

先輩の気も知らないで、表面だけ見て、あんな言い方をするなんて、許せなかった。

「あんな……ひどいです……」

かすれた声でわたしが言うと、先輩は今度はおかしそうに声を立てて笑った。

「ほんとに大丈夫だよ。慣れてるっていうか、よく言われることだし、そう言う人の気持ちもわかるしね」

「……そうなんですか？」

先輩は今まで何度もああいう目に遭っているということだろうか。考えただけで胸が痛い。

「うん、まあね。たしかに、よくある夢というか周りに同じものを目指してる人がたくさんいるっていう状況じゃないでしょう。そうなると珍しいからどうしても目立っちゃうし、目立つってことはなにかと言われやすいから、それはしょうがない。人間ってそういうものだと思うから。変だとか変わってるとかもたまに言われるけど、でも俺のこと理解して応援してくれてる人が近くにいる。だから、俺をよく知らない人から向けられた言葉は、気にしないことにしてるんだ」

先輩はやっぱりすごいな、と思った。

なんて強くてまっすぐなんだろう。

わたしは、たとえ知らない人だとしても、なにか言われたらどうしても気になってしまう。無視しようと思っても無理だ。きっとそういう人はわたし以外にもたくさんいるだろう。

それなのに、先輩は。

「……本当に、気にならないんですか？　どんなひどいことを言われても……」

わたしの問いに、先輩がふふっと笑った。

「本当に、ぜんぜん平気なんだ。だって俺は、好きなことをやってるんだから」

彼の真意をはかりかねて、わたしはじっとその顔を見上げる。

「映画監督を目指すのは、俺が好きでやってることだ。だから、それについて誰になにを言われようと、俺はなんとも思わないよ。やりたいことをやれてるってだけで、十分すぎるくらいに幸せだから」

先輩は窓の向こうの空を、眩しそうに目を細めて見つめながら、噛みしめるようにゆっくりと言った。

真剣に目指しているものを馬鹿にされるというのは、とてもつらいことなんじゃないかと、わたしは思っていた。だから、先輩があんなふうに言われているのが我慢できなかった。

でも、ちがうのかもしれない、と彼の横顔を見ながら思う。

本当に好きなことを真剣に、夢中になってやっている人にとっては、周りの意見や視線は、気にならないのかもしれない。やりたいことをやるのに忙しいから、周りのことなんて考えているひまがないのかもしれない。

先輩はそれほど映画に熱中しているのだ。わたしには想像もできない深さと強さで。

「……先輩が気にしてないなら、よかったです」

わたしは少し安心してそう言った。

次の瞬間、申し訳なさが込み上げてきた。

「でも、それならわたし、余計なことしちゃいましたね……すみません」

先輩は気にしていないのに、わたしがあんなふうに盾突いてしまって、事態をこじらせてしまったということだ。本当に余計なお世話だっただろう。

「本当に、すみません……」

勝手に出しゃばった自分が申し訳なく、恥ずかしく、顔から火が出そうな気持ちで謝った。

すると先輩が、「えっ、謝らないで！」と慌てた声を上げた。

「美雨さんが反論してくれたのは、すごく嬉しかったよ」

「え……」

「俺のために、ありがとう」

先輩が丁寧な仕草でわたしに頭を下げた。わたしも焦って「いえ」と頭を下げる。

「……迷惑じゃなかったなら、よかったです……」

「うん。ぜんぜん迷惑なんかじゃないし、本当にすっごくすっごく嬉しかったよ」

彼は少し照れたように笑い、次にぱちりと瞬きをして、「それにしても」とつづけた。

「美雨さん、あんな声出せるんだね。すごくかっこよかった」

えっ、と小さく叫んでしまう。

「か……かっこいい？」

今まで一度も言われたことがない言葉だった。

「わ、わたしが、ですか？」

先輩がにっこりと笑って「うん」とうなずく。

「本当に、すごくかっこよかったよ。カメラ持っとけばよかったー！　撮っておきたかったー！って後悔しちゃうくらい」

「撮って……」

こんなときでも、やっぱり先輩の考えは映画のことにつながるのか。

そう思うとおかしくて、ふふっと小さく笑ってしまった。さっきまでの緊張も不安も、恐ろしさも申し訳なさも、いつの間にかすべてが消えていた。

「まあ、カメラにはおさめられなかったけど、俺の記憶にはばっちり刻み込んだから、よしとしよう」

先輩は軽く腕組みをして、うんうんとうなずき、それからわたしに微笑んだ。

「さ、部活行こう」

その顔には、たくさんの理不尽な冷たい言葉をかけられた余韻すら残っていなくて、もう映画のことで頭がいっぱいなのだとわかる。

「はい」

わたしも大きくうなずいて、先輩と肩を並べて早足で部室のほうに向かった。

日《ひ》照《でり》雨《あめ》の夕暮れ

Hideriame

＊

「──雨が降りそう」

いつものように部室で過去作品の整理をしていると、映人先輩がふと顔を上げて言った。

「え、雨ですか？」

わたしは首をかしげつつ先輩の視線を追い、窓の外を見る。

空には太陽が燦然《さんぜん》と輝いている。

長かった梅雨が終わり、本格的な夏がやってきた。今日も朝からいい天気で、雲は申し訳程度にところどころ浮いているくらいだ。

「よく晴れてるよね」

先輩はわたしの考えを読んだように言った。

「でも、雨のにおいがする気がするんだよなあ」

先輩が窓を開けて窓枠に手をつき、じっと空を見ている。

「……ちょっと出てみようかな」

先輩はカメラを持って立ち上がり、部室のドアノブに手をかけた。

「美雨さんも来る？」

「えっ」

唐突な誘いに驚き、そして戸惑い、わたしは反射的に知奈さんに目を向けた。彼女を差し置いて、先輩とふたりで行動してもいいものか。

でも知奈さんは、雑誌のページをめくりながら、あっけらかんとした表情で「行ってらっしゃーい」と手を振った。

「ちょっと行ってくるわー」

先輩が軽い調子で返し、わたしを見る。

「美雨さん、どうする？」

「あ……っ、じゃあ、行き……ます」

いいのかなと思いつつぼそぼそと答えると、先輩は「行こう行こう」と笑った。

外に出てみると、たしかに埃っぽいにおいがどこからともなく漂ってきて、鼻腔《びこう》をくすぐった。

でも、空はやっぱり明るく、薄い雲がところどころに浮いているくらいだ。

わたしたちは部室棟から離れて、校舎とグラウンドの間にある広い空間まで移動した。ここなら視界が開けて、空がよく見える。

降るとしても夜とかかな、と思いながらしばらくぼんやりと空を見上げていると、ふいに頬にぽつりと冷たいものが落ちてきた。

え、と首をかしげた瞬間、今度は額と唇に冷たさを感じる。

それから周囲で微かにぱたぱたと音がしはじめて、よく目を凝らすと、たしかに小さな雨粒がぱらぱらと落ちてくるのがわかった。

「おー、来た来た」

先輩が嬉しそうに笑い、わたしを手招きして校舎の軒下に避難させ、それからカメラを顔の前に構える。

今日の昼は日射しが強くて暑かった。真夏の太陽に焼かれたアスファルトに雨が降り注ぎ、触れたとたんに蒸発して独特のにおいを放つ。

「狐の嫁入りだ」

先輩の言葉に、わたしは首をかしげて彼を見る。

「きつねのよめいり?」

いつかどこかで聞いたことがあるような気がしたけれど、詳しくは知らなかった。

そうそう、と先輩がレンズの向こうを見つめながらうなずく。

「狐の嫁入り。太陽が出てて晴れてるのに雨が降ること。天気雨とか日照り雨とも言うね。ほら、狐は人間を化かすって言うでしょう。だから、空が晴れてて雨なんて降りそうにもないのに突然降り出して、まるで化かされたような気持ちになるってことで、狐の嫁入りって呼ばれてるらしい」

「へえ……不思議な呼び方ですね。狐はわかるけど、なんで嫁入りなんだろう……」

「なんだったかな、たしか、嫁入り行列が人目につかないように狐が雨を降らせてるからとか、そういう由来があった気がするけど、あんまり自信がないから、調べておくね」

わたしは思わず先輩を見た。

なにげない質問にちゃんと答えてくれて、しかも知ったかぶりなどせずに、調べてきてくれるという。真面目で誠実な人だな、と思った。

一緒にいればいるほど、先輩のいいところをどんどん見つけてしまって、どんどん惹かれてしまう。先輩には知奈さんがいるとわかっているのに。

思わず、はあ、とため息をついてしまった。

すると彼がぱっとカメラから顔を離して、どうしたの、と心配そうにわたしの顔を覗き込んでくる。

「美雨さん、大丈夫？　疲れた？」

「あっ、いえ」

「無理に付き合わせちゃってごめん。部室に戻っていいよ」

「いえいえ、大丈夫です！　すみません、無意識にやっちゃっただけなんで。……あの」

すぐに帰れと言われてしまったら困るので、わたしは慌てて話題を変えた。

「……先輩は、どうして映画監督になりたいと思ったんですか？」

カメラの液晶画面に目を落として、撮影した映像をたしかめていた先輩が、「ん？」と目を上げた。

「あ、邪魔してすみません……」

先輩は「いいよ、気にしないで」と笑ってから、すぐにこう答えた。

「映画が好きで好きで、自分でも作ってみたいって思ったから」

将来の夢の理由を、なんの迷いも躊躇《ためら》いも、恥じらいもなく即答してしまえるところが、やっぱりすごく映人先輩らしいな、と思う。

もしもわたしが先輩の立場だったら、素直な気持ちや理由を正直に話すのを気恥ずかしく感じて、「なんとなく」などとごまかしてしまうような気がした。この前の先輩のように先生との面談で夢を語るなんて、もってのほかだ。

穏やかな微笑みを浮かべたままの顔が、会話のつづきを待つようにこちらを見ているので、わたしはまた口を開く。

「どうして映画が好きなんですか？」

すると、先輩は少し照れたような表情になった。

「すごい単純で恥ずかしいんだけど、最初は自分の名前に『映画』の『映』って文字が入ってるから、映画が気になるというか、勝手に親近感を覚えてたんだよね」

「ああ、なるほど……」

それはわからないでもないな、と思う。わたしも、名前に『雨』が入っているから、小さいころは雨が好きだと思っていた。小学校の帰り道、わざと傘を差さずに雨に濡れて帰って、お母さんに怒られたこともあったっけ、と懐かしくなる。

でも、自分の容姿を客観的に見られるようになったころから、周りと比べる癖がついてコンプレックスを抱くようになり、そのコンプレックスを際立たせる雨が大きらいになった。

「最初はレンタルビデオの店に連れて行ってもらってＤＶＤを借りて観てたんだけど、だんだん映画館で観てみたいなと思うようになって。それでお年玉で初めて映画を観に行ったとき、もう、すごい衝撃的で」

「衝撃、ですか」

「そう！」

先輩が大きくうなずく。

「映画が終わって映画館を出て、二時間ぶりに外の世界を見たときの、異世界から戻ってきたみたいな、あの感覚！」

雨空の下、そう言った先輩の顔は、まるで雨なんて消し飛ばしてしまいそうなほどにきらきら輝いていた。

興奮を抑えきれないように弾んだ声で先輩はつづける。

「映画を観たあとは、世界がまったくちがって見える」

太陽みたいに眩しい笑顔と、湧き水みたいに澄みきった瞳。

「観る前と観たあとでは、なにもかもちがう。二時間どっぷり映画の世界に浸って、それから元の世界を見ると、まるで天変地異が起こって世界が丸ごと変わったみたいな、それどころか全身の細胞が全部新しく生まれ変わって自分の存在そのものが変わったみたいな気までする。それくらい衝撃的な力を、映画は持ってるって知ったんだ。そしたらもう、どうしようもないくらい夢中になっちゃってさ」

本当に本当に映画が大好きなのだと、その表情から、眼差しから、声音から、全身から伝わってくる。

先輩からこんなにも愛されて、映画は幸せだな、と我ながら馬鹿げたことを考えてしまった。

「それで、最初は映画観るの楽しい！　大好き！　っていうだけだったんだけど、そのうち気づいたんだ。監督によって、同じような題材を扱ってもぜんぜんちがう作品になるんだって」

先輩が人差し指を立てて軽く振った。ほっそりと長い指が揺れるさまに、わたしは思わず目を奪われながら呟く。

「同じ題材でもちがう作品……あ、家族とか恋愛とか、テーマが同じでも、ストーリーはぜんぜんちがう、みたいな感じですか?」

わたしは映画には詳しくないので、小説で考えてみて、そう言った。たとえば幼馴染との恋とかクラスメイトとの同居とか、いくつか人気のテーマがあるけれど、題材自体は同じでも、作家によってキャラもストーリーもまったくちがうものになって、常に新鮮な気持ちで読めるのだ。

きっと映画でも同じような感じなのだろう、と思ってそう言ったものの、先輩は「それももちろんあるけどね」と笑ってつづける。

「そういう大きなテーマだけじゃなくて、映画のほんの一部の、たったひとつのシーンでも、すごいちがいが出てくるんだよね。たとえば家族みんなで打ち上げ花火を見るっていうシーンがあったとして、いちばん思いつきやすいのは夜空の花火が映って、次にそれを見上げる人たちが映って……っていう撮り方だと思うし、たぶん俺もそういうふうに撮ると思うんだけど」

天気雨の空へとカメラを向けながら言う先輩の言葉に、はい、とわたしはうなずいた。花火のシーンと聞いたら、たいていの人はそういう映像を思い描くだろう。

でもさ、と先輩がつづける。

「ある映画を観たときに衝撃的だったのが、花火そのものは一切映さないで、縁側に座って花火を見上げてる家族の姿だけを映すんだ」

先輩は、空に向かって構えていたカメラをすうっと動かし、こちらに向けてきた。

そのレンズの向こうに彼の瞳があると思うと、そわそわしてくる。

「画面に映ってるのはずっと人間だけ。でも、その人たちの顔が、花火の光を受けて、赤とか青とか黄色とか、カラフルに照らされてるから、花火そのものは映さなくても、彼らが花火を見てるってわかるんだよ」

わたしは瞬きをしながら、先輩の見た映画の映像を想像してみる。夜闇の中、空を仰《あお》ぐ人々の顔が色とりどりに移り変わる光に輝き、しゅるしゅると昇っては弾ける花火の音がする。人を照らす光と遠い音だけで、見る者に花火の存在を感じさせる。わたしみたいな平凡な人間には一生思いつけない演出だ。

「すごいですね……」

わたしが思わず呟くと、先輩はカメラを下ろし、まるで自分のことのように嬉しそうな顔で「本当にすごい」とうなずいた。

「それ観た瞬間、うわーっ、すげーっ！ってめちゃくちゃ興奮してさ。こんな花火の魅せ方があるのか！って」

うっとりしたように語る瞳は、数えきれないほどの星がきらめく夜空のようだった。

「あ、もちろん、その撮り方だけが正しいってわけじゃないよ。花火ってすごく幻想的で綺麗だから、それをいかに美しく撮るかっていうのもわくわくする試みではあるし、花火を撮らないのが映画としての唯一の正解ってわけじゃない。ただ、そのとき観た映画の雰囲気とかストーリーには、あえて花火を映さないっていう作り方がめちゃくちゃしっくりきて、すごい感激したんだ」

先輩は少し声のトーンを落として、噛み締めるようにゆっくりと語り出した。

「それまで俺は、映画の良し悪しを決めるのは役者の演技なんだと思ってた。うまい役者さんが出てれば名作になるんだと思ってた。でも、音楽とか照明とかカメラワークとか美術とか衣装とか、色んな要素が絡み合って映画が出来てて、それをすべてひとつの完成イメージに向かって集約していくのは監督の役割なんだ、監督はオーケストラの指揮者みたいな存在なんだって、その映画がきっかけで気づいた」

「指揮者……ですか」

「そう。たとえば、世界トップクラスの演奏家だけを集めても、絶対世界一のオーケストラになるとは限らないと思うんだよね。いい演奏家といい指揮者がいて、しかもホールの音響設備とか照明とか、楽器の質とか、きっとそういうのが揃って初めて、いいコンサートになる。映画も同じで、最高の役者と最高のスタッフと最高の監督が揃ってやっと最高の映画になるんだ」

　薄い唇が、笑みの形に緩んでいく。

「単純にそれがすごいなっていうか、俺もやってみたい！っていう、子どもじみた思い込みだけでここまで突っ走ってきた感じかな」

「突っ走って……」

　小さく先輩の言葉を繰り返すと、彼は「そうそう」と軽く噴き出した。

「週末は映画館に通ってとにかく手当たり次第に映画を観まくって、帰りはレンタルショップに行って一週間分のＤＶＤを借りてきて、毎日毎日映画漬けだよ。小遣いもバイト代も全部映画に飛んでってる」

　その言葉に、わたしは「えっ」と声を上げた。

「先輩、バイトしてるんですか」

　彼はにこりと笑って「うん」と答える。

「親戚の知り合いのつてを頼って、プロのカメラマンのアシスタントを、土日にときどきやらせてもらってるんだ。映像じゃなくて写真のプロの人なんだけど、空気感の切り取り方というか、雰囲気の出し方というか、とにかくすごくて、映画の勉強にもすごくなるんだよね」

「本当に映画中心の生活なんですね」

思わず呟く。先輩の生活はすべて映画のためで、夢に向かって一直線に、すべての力と時間を注いでいるのだ。

そんなに忙しくしていて、いつ知奈さんとデートしてるんだろう、なんて余計なお世話な考えが一瞬よぎってしまい、慌てて打ち消す。

先輩は「我ながら映画バカだと思う」と笑ってつづける。

「そのカメラマンさん、将来への投資って言って、破格なくらい高いバイト代出してくれるし、さらに交通費も高めにおまけしてくれるし。もう頭が上がらないよ。バイト先の人だけじゃなくて、家族にもすごく応援してもらってて、それもすごくありがたい。世間的には、不安定な職業だし狭き門だし、この前の進路面談みたいに激しく反対されたっておかしくない夢なのに、うちの両親は『やれるところまでやってみな』って、やりたいようにやらせてくれてるんだ」

「……すごいですね」

そうは言ったものの、嫌味っぽく聞こえなかったか不安になる。

だって、わたしの親とはぜんぜんちがう。正反対だ。もしもわたしが映画監督になりたいなんて言い出したら、お母さんは「無理に決まってるでしょ」と呆れ返って、「映画なんか観るひまがあったら勉強しなさい」と叱り飛ばすだろう。

でも、先輩の家族は、彼の夢をそのまま認めて、受け入れて、応援してくれているのだ。そういう家庭で育ったから、先輩はこんなにも、眩しいくらいにまっすぐな人に育ったんだろうな、と思う。

そんなわたしの物思いをよそに、先輩は明るい雨空を見上げて、微笑みながら噛み締めるように言った。

「俺はたくさんの人に支えられてる。だから、お世話になってる人たちや応援してくれてる家族のためにも、いつか最高の映画を作って、恩に報いたいなって思う。絶対叶えたい……」

語尾が、囁くように小さくなった。

美しい景色を愛おしそうに見つめるその瞳に、なぜか寂しげな色が滲んでいるように見えて、わたしは首をかしげる。いつもの屈託のない、底抜けに明るい先輩の表情とは、どこかちがっている気がした。

なんでだろう、と訝《いぶか》しむ間もなく、先輩が「あ」と声を上げた。

「でも、うちの高校バイト禁止だから、内緒にね」

ほっそりと長い人差し指を軽く唇に当てて、茶目っ気たっぷりの笑みを浮かべて彼は言う。

そのおどけた表情につられるように、わたしも思わず笑って「了解です」と答えた。

しばらくすると、雨脚が強くなってきた。

「そろそろ戻ろうか」

映人先輩の言葉にわたしはうなずいたものの、「もう?」と残念に思ってしまう自分の気持ちを抑えきれない。

今日はいつもよりたくさん話せた。先輩がわたしだけに語る声を真横で聞いて、明るい笑顔を間近に見られた。

もっと一緒にいたい、ふたりきりでいたい。

無意識にそんな願望が込み上げてきて、次の瞬間、部室で待つ知奈さんの顔がふっと浮かんできて、心底自分に嫌気が差した。

彼女が近くにいないのをいいことに、まるで先輩をひとりじめしたような気になっていた、愚かな自分。

「美雨さん、傘貸すよ」

考え事をしていたので、反応が遅れてしまった。

気がついたときには、わたしの手は先輩のビニール傘を握っていた。

「え……っ、え?」

「ほら、雨けっこう降ってるから、濡れちゃったら大変だ。俺は走って戻るから、美雨さんはゆっくりおいで」

そう言って雨の中へと駆け出そうとする先輩のシャツの裾を、傘を持ったのとは反対の手が反射的につかむ。

無意識の行動に自分で驚き、絶句してしまった。

「ん？　どした？」

先輩は振り向いて、少し首をかしげてわたしを見下ろしている。

「あっ、いえ、あの……」

なんとか動揺をしずめて「これ」と傘を差し出す。

「大丈夫です。先輩、使ってください」

「え？　いいよ、遠慮しないで。濡れちゃうよ」

先輩が傘を押し戻す。それをわたしはさらに押し返す。

「先輩だって、濡れちゃいますよ」

「俺はいいよ。後輩を雨に打たれさせて自分だけ傘差すわけにはいかないし」

「いえ、そもそもわたしが……いけないので。先輩が『雨が降りそう』って言ってたんだから、自分で傘を持ってくるべきでした。自業自得です」

「いやいや、それを言ったら……降られなかったんだから。それに、俺が美雨さんの分も持ってくればよかったのに、気づかなくて自分のだけ持ってきちゃったからいけないんだよ。気が利かなくてごめんね。だからこれは美雨さんが使って」

「いえ、でも……」

「いやいや……」

しばらく傘の押し付け合いをして、同時に噴き出した。

「美雨さん、意外と強情だなあ」

「先輩こそ」

「おっ、言うねえ」

先輩はお腹を抱えてけらけらと笑い、それから「あっ」と手を叩いた。

「一緒に入ればいいのか」

「……はい？」

自分の耳を疑った。これ以上ないくらいに目を見開く。

一緒に入るって？　まさか……いやいや、そんなはず。混乱のあまり動きもとれない。

わたしが硬直している間に、先輩は傘を開いてわたしの上に差しかけた。それから横にするりと滑り込んでくる。

「あ、ぜんぜんいける。余裕でふたり入れる」

なんでもないように言って笑う先輩の顔が、見上げたすぐ先にあって、あまりの近さに心臓が爆発しそうになった。

「え、あっ、は……」

わたしは固まったまま、うまく声を出すこともできない。

「大きめの傘にしといてよかったー。さ、行こっか」

先輩が歩き出したので、わたしもつられたように足を踏み出した。

まるで雲の上を歩いているみたいに、足下がふわふわしている。頭の中は、綿菓子を詰め込まれたみたいに真っ白だった。ただひたすら先輩の邪魔にならないように身を縮めて、足を動かす。

先輩の二の腕あたりに、わたしの肩がぶつかった。かっと頬が熱くなる。

「あ、ごめん、大丈夫?」

先輩が慌てたように訊ねてきたので、わたしはぶんぶんと首を振った。

「こちらこそ、すいません」

骨張って背ばかり高い自分の身体が嫌になる。申し訳なさと恥ずかしさで、必死に肩を縮めた。

もっと背が小さかったら、もっと肩幅が狭かったら、華奢で小柄な体型だったら、先輩にぶつかってしまったりしなかったのに。でかい女、とか思われてないかな。恥ずかしい、恥ずかしい。

「あっ」

唐突に先輩が声を上げた。

顔を上げて見ると、彼はビニール傘の表面を指差し、きらきらした瞳で見つめている。

「すごい綺麗！　ごめん、ちょっと持っててくれる？」

「え？　あ、はい……」

先輩に傘の柄を渡され、言われるがままに受け取る。先輩の体温が残っていて、どきりと心臓が跳ねた。

彼は首から下げたカメラの電源を入れ、頭上のビニールにレンズを向けた。わたしもつられて目を向ける。

ビニールの表面は、次々と降り注いでくる雨粒に打たれて、透明な宝石のようにきらきら光る水滴に埋め尽くされていた。いくつかの水滴が、かすかに震えて形を崩し、小川のように流れ落ちていく。

その向こうには、薄い青の空と淡い白の雲が広がっていた。

先輩はレンズを近づけたり遠ざけたりしながら、傘の表面を撮影している。

「雨って本当に綺麗だなあ」

ひとりごとのような呟きがわたしの鼓膜を揺らす。先輩は本当に嬉しそうだった。

眩しい、とわたしは心の中で呟く。

「よし、撮れた。美雨さん、お待たせ」

先輩がカメラを下ろして傘の柄を握る。その拍子に指と指が触れ合って、また心臓が跳ねた。

先輩は再び当たり前のように相合い傘で歩き出した。

部室に向かいながら、言葉を交わす。透明なドームの中で、お互いの声が響き合う。先輩とこんなに近づいたのは初めてだった。

知奈さんは、いいんですか？　怒られませんか？

頭をよぎった質問は、彼には訊けなかった。

この透明な時間に、一滴の汚れも落としたくなかった。

部室が見えてきた。あと数十メートル。

少しでも時間を伸ばしたくて、自然と足取りが緩んでしまう。先輩は歩幅を合わせてくれる。

そのとき、突然、部室のドアが開いた。傘を三本手にした知奈さんが出てくる。部室にずっと放置されている古い傘だ。

「あっ、美雨ちゃん、映人。傘持ってたんだ」

彼女はぱっと笑顔になってこちらに駆け寄ってきた。

ああ、終わっちゃった、とわたしは心の中で呟く。

「ああ、うん。もしかしてお出迎え？　ありがとう」

「映人の迎えじゃないから。美雨ちゃん濡らすわけにいかないでしょ」

先輩の言葉に知奈さんがくすくす笑いながら答える。

「おー、ひでえ」

先輩もおかしそうに笑った。仲良しなふたり。だからこそ交わせる軽口。

わたしは「ありがとうございます」と知奈さんに頭を下げつつ、心の中で『ごめんなさい』と繰り返す。

わざわざ傘を持ってきてくれた彼女に対して、その登場を残念に思ってしまった自分の性格の悪さに吐き気がした。

映人先輩の傘から出て、知奈さんから受け取った傘を差す。三つの傘が横に並ぶ。真ん中は映人先輩。彼は当たり前のように彼女の手から余りの一本を引き取って、持ってあげている。

「あ、そういえばね」

歩きながら、知奈さんが先輩を見上げて言った。

ちょうどそのとき、グラウンドのほうからサッカー部の集団が走ってきた。

「雨やべー」「びしょ濡れ」と口々に言い合いながら、でも楽しそうにみんな笑っている。

彼らの声が大きかったからか、それとも普段からそうしているのか、知奈さんは少し背伸びをして、映人先輩の耳許に唇を寄せるようにしてなにか言った。

「——がね、——だって」

騒がしいサッカー部員たちの声にかき消され、知奈さんの声は、わたしの耳にはほとんど届かない。

少し腰をかがめて知奈さんの話に耳を傾けていた映人先輩が、ふっと姿勢を正して彼女の顔に目を落とす。

「やっぱり可愛いなあ」

先輩は小さくそう言って、知奈さんに微笑みかけた。

その愛おしげな声と、思わずこぼれてしまったような言葉と、本当に嬉しそうな笑顔。すべてが合わさって、わたしの心臓をぎりぎりと締めつけた。

風が吹いて、雨に濡れた肌を撫でていく。

全身が一気に冷たくなり、肌がぞわりと粟立《あわだ》つ。

なんの話かはわからない。でも、映人先輩が知奈さんを可愛いと言ったことだけはたしかだ。

わたしは無意識のうちに制服のリボンをぎゅっと握りしめた。でも、どうにもならないくらい、息ができないくらい、胸が痛くて苦しい。

胸が引き裂かれそう、ってこういう痛みのことなのかな。

痛むとわかっているのに、それでも、先輩を見てしまう。目が離せない。

湧き水のように澄んだ眼差しも、太陽の光を集めたような笑顔も、柔らかい声も、まっすぐに夢を追いかけているところも、全部好き。本当に好き、大好き。

映人先輩、好きです。

口には出せないから、心の中で叫んだ。

叫んで初めて、自分がこんなにも先輩のことを好きになってしまっていたのだと気づく。

先輩が好きだ。でも、先輩はひどい人だ。

どうせ叶わない想いだとわかっていたから、諦めようとしていたのに、先輩のほうから近づいてきて。

まるでわたしを勘ちがいさせようとするみたいに、わたしだけを誘ってふたりで外に出て、眩しい笑顔や優しい声をわたしだけに向けて、相合い傘まで。

そんなの、諦められなくなるに決まってるじゃないですか。

彼女がいるくせに、ひどいです。

言えない言葉が、心の真ん中で洪水みたいに暴れ回っている。

雨《あめ》降《ふり》花《ばな》の薄桃色

Amefuribana

*

「やっと夏休みだね」

終業式が終わり、体育館を出て教室へと移動する途中、永莉が満面の笑みを浮かべて言った。

そうだね、と笑って応じつつ、わたしは周りを見渡す。

体育館と教室棟をつなぐ渡り廊下は、だらだらとおしゃべりしながら歩く生徒たちでごった返していた。一学期が終わった解放感で誰もが浮き足立っているのが、その表情や声音から伝わってくる。ただでさえ気温が高くて暑いのに、熱気がこもってさらに湿気まで加わって、びっくりするほど蒸し暑い。

みんな楽しそうだなあ、なんて考えていたら、永莉が「でも」とつづけた。

「まあ、こんな天気だと、夏休み始まる感が出ないよねー」

どうやらわたしが夏休みの到来を心から喜んではいないことを、彼女は察知したらしい。さすがだ。

たしかに今日は、もう七月の下旬だというのに空はどんより曇っていて、夏らしい爽やかさは皆無な天気だった。今年の夏は雨が多い。

でも、わたしが今、浮かない顔になってしまっている理由は、天気のせいではない。

「ごめん、ちがうの。部活のこと考えてたら、なんか不安になってきちゃって……」

わたしの答えに、永莉が「え、どういうこと?」と目を丸くした。

「脚本がね、まだまったく書けてなくて……。夏休み中に撮影と編集まで終わらせないといけないのに、書こうと思ってもなんにも思いつかなくて……」

「おおー……それはたしかに大変だね……」

わりと楽天家な永莉がそんな反応をしたので、自分の置かれている状況が本当に危機的だと改めて実感してしまい、焦りが込み上げてくる。

映人先輩も知奈さんも優しいから、「自分のペースで、ゆっくり考えればいいよ」と言ってくれていて、決してわたしを急かしたりはしないけれど、本当はきっと心配している。というか、もしかしたら苛々しているかもしれない。

そう思うのに、いくら考えても頭の中の原稿用紙は白紙のままだし、手も動かない。

はあっとため息をついてのろのろ歩いていると、となりで考え込むように顎先を指で撫でていた永莉が、「あっ」となにか思いついたように手を鳴らした。

「じゃあさ、高遠先輩への気持ちを脚本にしてみたら?」

「……えっ⁉」

一瞬、意味がわからなくてフリーズしてしまい、やっと彼女の言葉の意図を呑み込めたとき、驚きのあまり声が裏返ってしまった。

「え、なっ、なに言って……」

「だからあ、今までずーっと胸に秘めてきた先輩への想いを、手紙にするみたいな感じで書いてみたらいいんじゃない？　脚本もできるし気持ちも伝わるかもしれないし、一石二鳥じゃん」

「いやいやいや、だめだめ、伝わったら困るもん」

わたしはなんとか笑みを貼りつけて言い、それから唇を噛んだ。

ずっと必死に隠してきたのに、ばれてしまったらこれまでの努力が全部水の泡だ。

わたしの気持ちを知ったら知奈さんは嫌な思いをするだろうし、先輩は困って迷惑に思うだろう。きっとわたしは退部することになる。

そうなったら、先輩とはもう会えない。二度と近づけない。あの笑顔を、もう二度と近くで見ることはできない。

それだけは嫌だった。

先輩の近くにいるためには、わたしは先輩への恋心を絶対に隠し通さなければいけないのだ。

「……先輩、すごく知奈さんと仲良しで……。わたしは知奈さんのこと大好きだし、わたしのせいで嫌な思いさせたくない……」

まるで言い訳をするみたいに、うつむいてぼそぼそと呟く。

「そっかあ……」

永莉はこくりとうなずいた。

「美雨は控えめで優しいもんね。彼女さんに気を遣って気持ちも伝えにくいって、美雨ならたしかにそう考えるかあ」

予想外の反応に、わたしは「えっ」と勢いよく顔を上げ、それからぶんぶん首を振った。

「ちがう、ちがう。そうじゃないの。むしろ……」

図々しくて自分勝手な人間だということは、自分がいちばんよくわかっている。だからわたしは、どう考えたって敵うはずのない知奈さんに嫉妬して嫌なことを考えたり、映人先輩とふたりきりになれたら喜んだり、本当に最低なことばかりしている。

そう自覚していてもやめられないくらい、それでもまだ先輩の近くにいたい気持ちを捨てられないくらい、自分勝手な人間だ。

だから、これ以上嫌な人にならないように、せめてこの気持ちは内緒にしつづけようと思っているだけ。

考えれば考えるほど気持ちが落ち込んで暗くなっていたら、永莉の明るい声が降ってきた。

「よし、この話は終わりにしよ！　っていうかわたしが変なこと提案したからいけないんだけど。お詫びにマックおごるよ。学校帰りに行こ！」

彼女のあっさりとした明るさが、わたしを浮上させてくれる。

わたしは「いいね」とうなずいてから、「自分で払うけど」と付け足した。その瞬間、ふたりで同時に噴き出す。

「このやりとり、前もやったよね」

「やったね。あのときも美雨、おごらせてくれなかった」

「そりゃそうだよ。だって永莉はわたしのためにいろいろ考えたりアドバイスしたりしてくれてるんだもん。むしろわたしがおごんなきゃだよ」

「いやあ、わたしおせっかいだからさ」

「そんなことないって。わたしは助かってるよ」

「そう？　えへへ」

「そうだよ。ふふっ」

わたしたちは顔を見合わせて笑った。永莉が友達でいてくれてよかったな、と心から思う。

＊

部活が終わったあと、永莉と校門で待ち合わせをして駅前のマックに行き、二時間ほどおしゃべりをして帰った。

家に着いたころには、東側の空が夜色に近づいていた。

「ただいま」

玄関のドアを開けると、台所からお母さんが出てきた。その顔を見た瞬間、少し不機嫌らしいと悟って憂鬱になる。

「おかえり、美雨。遅かったじゃない」

濡れた手をエプロンで拭きながら、お母さんが無表情で低く言った。予想が当たったとわかる。

「今日、終業式だったんでしょ？　昼すぎには帰ってくると思ってたんだけど」

「あ、うん」

答える声が、細くなってしまう。

「あの、部活があって、そのあと、友達とお茶してて……ごめんなさい」

反射的に謝りつつも、なんで、という思いが込み上げてきた。

門限の七時にはちゃんと余裕をもって間に合っている。いちおうお母さんに帰りの時間を連絡しておいたほうがいいかな、とは考えたけれど、そんなに遅くはならないとわかっていたから、まあいいか、と思ったのだ。

それに、一緒にいた永莉は親に連絡したりしなかった。高校生ならこれくらい普通だと思う。クラスのみんなも、一学期が終わったということで盛り上がってカラオケに行く話をしたりしていた。

それなのに、どうしてわたしだけ、門限を破ったわけでもないのに、こんな言い訳みたいなことをしなきゃいけないんだろう、と思ってしまう。小中学生じゃあるまいし。

殊勝な顔で受け答えをしながらも内心ではそんなことを考えていると、お母さんがはあっと大きなため息をついて、「まあ、いいわ」と言った。

「これ、申し込んどいたわよ」

お母さんが廊下の飾り棚の上に置かれていた紙を手に取って、こちらに差し出してくる。

「え？　なに？」

受け取って目を落とすと、進学塾の案内のプリントだった。

特別夏期講習、塾に通っている生徒以外も人数限定で特別に受け入れる、というようなことが書かれている。左下に載っている授業カレンダーには、お盆以外の平日はすべて丸がついていた。

「……えっ？」

まったく話が読めなくて、わたしは顔を上げてお母さんを見る。

お母さんはいつの間に機嫌が直ったのか、にこにこしながら話し出した。

「これ、今日スーパーに買い物に行ったときに置いてあるの見つけてね。ママ友に訊いてみたり、ネットで調べたりしてみたけど、ここの塾、なかなか評判いいみたいよ。一年の夏から受験戦争は始まってるって言う先生もいるみたいだし、動くなら早いほうがいいもんね」

「……な……」

なんで、と言いかけたわたしの声は、途切れることなく話しつづけるお母さんの言葉に遮られ、かき消される。

「美雨は運動部でもないからどうせ夏休みはひまでしょ。推薦に有利な部活も生徒会もやってないんだから、せめて学力だけはつけとかないとね。というわけで、電話して申し込んでおいたから。明後日からですって、遅れないように行きなさいよ」

耳を疑う、というのはこういう感覚だろうか。

夏期講習どころか塾に通う話すら出たことはなかったのに、どうしていきなりこんなことになっているのだろう。

お母さんは昔からこういうところがある。わたしの意見も聞かずに、自分で勝手に決めて、勝手に行動して、わたしには事後報告だけ、ということが何度もあった。

そのたびに、ぼんやりしているわたしが悪いのだと、諦めてきた。

でも。

「き……、聞いてないよ」

今日はどうしても我慢できなくて、言ってしまった。

「……なんで、勝手に……」

「勝手⁉」

言い切る前に、お母さんがかっとしたように目じりを吊り上げて叫んだ。

「なによ、勝手にって！　親に向かってなんてこと言うの！」

やばい、怒らせてしまった。背筋が寒くなる。

お母さんがわたしの手から夏期講習のプリントを引ったくり、靴箱の上にバシッと叩きつけるように置いた。

その勢いと音に、わたしの肩はびくりと震え、心臓がぎゅっと縮まる。

あとはもう、うつむいて息を潜めていることしかできない。

お母さんが怒り出すと、わたしはいつもなにも言えなくなる。縮こまってお母さんの怒りがおさまるのを待つしかない。

「美雨がいつまで経ってても帰ってこないからいけないんじゃないの。いちおう相談してからにしようと思ってたのに、今日の五時が申し込み期限だったから、しょうがないじゃない!」

黙って聞いているけれど、心の中では唇を尖らせている。

そんなこと、なにも聞いてなかった。スマホに留守電を入れたり、ラインのメッセージを送ったりしてくれたら、すぐに帰ってきたのに。それをしないで勝手に夏期講習に申し込んだりして、わたしのせいにするなんて、おかしくない?

「そもそも、映画なんとかいう遊びみたいな部活に勝手に入ったのは美雨のほうでしょ。なんの足しにもならない部活に時間割いて、期末テストの成績も平均点に毛が生えたくらいだったじゃないの。勉強が足りなかったんでしょ」

言いたいことはたくさんあるけれど、次々に鋭い言葉を投げかけられて、口を開く隙もない。

「一学期の遅れを夏休みに取り戻しておかないと、手遅れになるのよ。一時《いっとき》の楽しみのために人生を棒に振ってもいいの? 嫌でしょ? お母さんは全部あなたのためを思って言ってるんだから、うだうだ文句言わずに、親の言うことを聞きなさい!」

この話はもう終わり、というように、お母さんはバタンと大きな音を立てて台所のドアを閉めた。

照明が消えた薄暗い廊下の真ん中に佇んで、わたしはしばらくぼんやりしていた。数分ほど経ったころ、いきなり背後の玄関ドアの鍵ががちゃがちゃと音を立てはじめたので、びっくりして振り向く。

「はあーあ、疲れたあ」

帰宅の挨拶もなしにぼやきながら家の中に入ってきたのは、弟の悠河《ゆうが》だった。

中学校も今日終業式のはずだから、昼から今までずっと部活をしていたのだろう。うつむきがちな顔に、疲れが滲んでいる。大きなスポーツバッグからはみ出した野球のユニフォームは、グラウンドの土でひどく汚れていた。

スニーカーを脱ぐために上がり框《かまち》に腰を落としていた悠河は、立ち上がって振り返ると同時にわたしに気づいて「わっ」と驚きの声を上げた。それから不機嫌そうに言う。

「姉ちゃん、なにしてんの？　そんなとこで突っ立ってたら邪魔なんだけど。どいてよ」

小学校低学年のころまでは、姉ちゃん遊んで遊んで、と可愛かったのに、高学年ごろからは反抗期で、今も生意気ばかりだ。

そして、こちらが否定したり反論したりしようものなら、さらに機嫌を悪くすることになって面倒なので、わたしは素直に「ごめん」と壁際に寄って道を空ける。

そのときお母さんがリビングのドアから出てきた。

「悠河、おかえり」

それからわたしをちらっと見て、すぐに顔を背ける。

「わっ、汗くさい。先にお風呂入っちゃいなさい」

近づいてきたお母さんの言葉に、悠河がお母さんの顔も見ずに眉をひそめて答える。

「部活したんだから当たり前だろ。言われなくても入るよ！」

どすどすと足音を立てながら洗面所に向かう背中に「そうしてちょうだい」と声をかけたあと、お母さんは「あ、悠河」と呼び止める。

「待って、ユニフォーム、泥だらけじゃない。ちゃんと泥汚れ用の洗濯かごに入れといてよ。この前も普通のかごに入れたでしょ？　お母さんのブラウスに汚れが移っちゃって大変だったんだからね」

お母さんの小言はやまない。悠河は「あーはいはい、わかってるって」とうるさそうに顔をしかめた。それから、

「ったく、うっせえなあ……」

とひとりごとのように、でもお母さんにもわたしにも十分に聞こえる大きさで言った。

当然、お母さんの怒りに火がつく。

「悠河！　親に向かってなんて言い方するの！」

「はいはい、すみませんでしたー。……マジうるせえ」

「なによ、その口のきき方は！」

お母さんの叫び声がきんきんと耳に響く。悠河は無視して洗面所のドアを開けた。

「こらっ、悠河！　まだ話は終わってないわよ、どこ行くの！」

「風呂入るんだよ！」

悠河は洗面所に入ってドアを力任せに閉めた。お母さんも「まったくもう！」と台所のドアを勢いよく閉めて姿を消す。

ふたりの剣幕に硬直したまま廊下にひとり取り残されたわたしは、やっとのろのろと動き出して自分の部屋に入った。

＊

その晩は、なかなか寝つけなかった。

うとうとしたかと思うと夏期講習の話を思い出してしまって、はっと目が覚める。

夏休み中は、平日は毎日部活のために登校するつもりだった。脚本はまだ書けていないけれど、映人先輩と知奈さんに相談しながら進めようと思っていた。大好きな映画について語る先輩と、楽しそうにメイクの話をしてくれる知奈さんと一緒に過ごせると思っていた。

わたしはそれをすごく楽しみにしていたのだと、今になって知る。

でも、塾になんて行くことになったら、すべて泡と消えてしまうのだ。

それに、わたしが急に部活に行けなくなったら、先輩たちにも迷惑をかけてしまう。もちろんわたしなんてなんの力も才能もなくて、役にも立たないし、わたしの代わりなんていくらでもいるけれど、それでも、頼まれていた脚本を突然ほっぽり出して、先輩たちのサポートもできなくなったら、きっと困らせることになるだろう。

そんなことをぐるぐる考えていたら、睡魔は遥か遠くへ消え去ってしまった。

ベッドに横たわったまま手を伸ばし、カーテン細く開けて窓の外をたしかめると、東の空がうっすら明るくなっている。

夜更けに小雨が降っていたから、窓ガラスには無数の水滴がついていた。

あの天気雨の日、先輩と過ごした夢のような時間の記憶が甦ってくる。一緒に身を寄せたビニール傘の表面にも、こんなふうに滴がたくさんついていた。

わたしはベッドを出て学習机の前に立った。通学鞄の中から、一冊のノートを取り出す。表紙に『脚本』と書いただけで、中身はまだ一文字も書けていないまっさらなノートだ。

どうせ眠れないのなら脚本について考えよう、と思った。部活には行けなくなってしまったけれど、せめてこれだけでも仕上げて渡せば、少しは先輩たちにかける迷惑を減らすことができる。

でも、なにからはじめればいいかわからない。ぼんやりしながら窓に目をやると、ガラスを彩る透明な水滴が目に入った。

わたしは椅子に腰をおろし、机のライトをつけた。薄暗い部屋の中に、蛍光灯が青白い光を放つ。

充電器にささっていたスマホを手にとり、検索エンジンを開いて、『雨がつく言葉』と検索してみた。

俄雨《にわかあめ》、時雨《しぐれ》、私雨《わたくしあめ》、氷雨《ひさめ》、驟雨《しゅうう》、如雨露《じょうろ》、雨傘、雨宿り、雨乞《あまご》い、雨模様《あめもよう》、雨支度《あまじたく》。

ずいぶん色んな単語があるんだなあ、と思いながらスクロールしていたとき、ふいに『雨降花《あめふりばな》』という文字が目についた。聞いたことがない言葉だったけれど、字面と響きが綺麗だなと思って惹かれる。タップして開いてみた。

『その花を摘むと雨が降る、という言い伝えを持つ花。主にヒルガオ。他にホタルブクロやツユクサ、クチナシなど』

昼顔ってどんな花だっけ、と首をかしげる。朝顔は小学校で種を植えて世話をして観察日記まで書いたのでよく覚えているけれど、昼顔は、名前は聞いたことがあるけれどいまいちはっきり思い浮かばない。

今度は『昼顔　花』と画像検索をしてみた。画面いっぱいに鮮やかな緑の葉と淡いピンクの花が広がる。

あ、なんか見覚えがあるな、と思った。スマホを手にしたまま部屋を出て、足音を忍ばせて階段を下り、リビングの掃き出し窓をそろそろと開ける。サンダルを履いて庭に出て、片隅に咲いている花を見て、やっぱりこれだ、と確信した。

誰かが植えたのか、自然に生えたのかはわからないけれど、昔からここに咲いていた。子どものころはよく庭で遊んでいたけれど、中学生になったころからほとんど庭には下りなくなったので、すっかり忘れていた。

昼顔はいつの間にかずいぶん数が増えていて、記憶にあったよりずっと広がっている。鉢植えを載せている台の脚やフェンスの網目に、つるがたくさん絡みついていた。

夜が明けきっていないからか、花はまだ咲いていない。しゃがみ込んでぼんやり見つめていると、空が白んでくるにつれて少しずつ蕾《つぼみ》も緩んできて、そのうち綺麗に花開いた。

優しい色合いをした薄桃色の丸い花。真ん中は細い星のような形に白くなっている。

花びらも葉も、夜の間に降った雨に濡れ、透明な真珠のような水滴がいくつも残っていた。朝の光が反射して、すごく綺麗だ。思わずスマホのカメラを起動して写真におさめる。

そのままスマホで『雨降花』の説明のつづきを読んだ。

『アサガオは鑑賞用に栽培される園芸植物であるが、ヒルガオは地下茎が長く伸びて増殖し、一度増えると駆除が難しいため、大半は雑草として扱われる』

雑草。駆除。思いもよらない言葉が目に入ってきて、驚いた。

朝顔は鑑賞花として大事に大事に世話をされて、手をかけて育てられるのに、見た目も名前も似ているのに昼顔は、懸命に生きようとすればするほど迷惑がられて、雑草として人の手で駆除されてしまうのか。あんまりじゃないか。

ああ、でも、人間も同じか、と思う。

ただそこにいるだけで花のように綺麗で可憐で誰からも愛される人もいれば、どんなにがんばっても雑草のように地味で平凡で誰からも見向きもされない人もいる。わたしみたいに。

夏休みに観察日記をつけた朝顔は、目も覚めるような鮮やかな青紫色をしていて、花が咲くたびに嬉しくて写真を撮ったのを思い出した。

それに比べたらたしかにこの昼顔は、寝ぼけたような色褪せた薄ピンク色で、もしも街角に咲いていても気づかれることなく素通りされるだろうと思えた。

しょうがないよね、そういう星の下に生まれちゃったんだから。運命は変えられないもんね。

家族にさえ忘れ去られたまま庭の片隅に咲いていた昼顔に、心の中でそう語りかけた。

篠《しの》突《つく》雨《あめ》の氷の棘

Shinotsukuame

＊

夜が明けるころには雨雲が途切れ、頭上には薄い雲に覆われた白い空が広がっていた。

テレビの天気予報では、午前中は曇りときどき晴れ、昼ごろからはバケツをひっくり返したような雨になるでしょう、と言っていた。

街路樹から降り注ぐ蝉の声を聞きながら、学校への道を歩く。気がつくと小さなため息ばかりついていた。

今年は梅雨が明けてからもすっきりしない天気が続き、本当に雨が多い。雨がきらいなわたしにとってはひどく憂鬱な夏だった。

でも、憂鬱の原因は、もちろん天気だけではない。

わたしはこれから部活に行って、映人先輩と知奈さんに伝えなければならないのだ。夏期講習に通うことになったから夏休み中の活動には参加できない、脚本は力不足でやっぱり書けなかった。そんな身勝手で無責任な言葉を、彼らに伝えなければならない。それを思うととても気が重かった。

部室の前に着いたものの、これから話す内容を考えると、中に入って待つのはなんとなく気が引けた。

ドアの前に立って、先輩たちが来るのを待っていると、ぱらぱらと細かい雨が落ちてきた。それほど強くはないし、空は暗くない。きっと通り雨だろう。

湿っぽい空気の中を舞い落ちてくる雨粒をぼんやり見つめていたら、足音が近づいてきた。

「どうしたの?」

視線を送る前に声をかけられる。映人先輩の声だった。

「おはよう、美雨さん。中、入らないの? 濡れちゃうよ」

なにも知らない先輩は、あの日と同じビニール傘の下で、いつものようににこやかに言った。

こんな屈託のない表情を向けられて、いきなり夏期講習の話をするなんて無理だった。わたしは「いえ、あの」ともごもごご言い訳をする。

「……また雨だなあって思って」

先輩は、くっと眉を上げて目を丸くした。それから、わたしが濡れないように傘を差しかけてくれる。

わたしは思わず少しあとずさり、身体のどこも彼に触れたりしないように身を固くした。そんなわたしに気づいているのかいないのか、気にするふうもなく彼は訊ねてくる。

「美雨さんは、雨がきらいなの？」

どうやらわたしの言い回しから、伝わってしまったらしい。

どう答えようかと少し迷った末に、わたしは質問で返した。

「……先輩は、好きですか？」

すると彼は笑みを浮かべ、「好きだよ」と即答した。その迷いのなさが、つくづくわたしとはちがう人種だなと感じさせられる。

「雨って本当に綺麗だと思う」

先輩が空を仰いで目を細める。

「晴れの日も綺麗だけど、雨の日には雨の日だけの、独特の美しさがある。そして俺は、晴れよりも、雨に惹かれる」

しみじみと噛み締めるような口調だった。

「俺が撮りたいって強く思うのは、いつも雨なんだ。理由は自分でもよくわからないけど」

雨景色を見つめる先輩の瞳は、今日も星を宿したようにきらきらと輝いている。

こんな眼差しで見つめられたら、雨だって、綺麗にならなきゃと気合いが入るかもしれない、なんて馬鹿なことを考えてしまった。

「雨は、降ってるときも、上がったあとの景色も、最高に綺麗だ」

先輩が手のひらを雨の中に差し出し、雨の滴を受け止めるように上向かせた。

「雲ひとつない真っ青な空とか、鮮やかな夕焼け空は、それに惹かれる人が撮ってくれる。だから俺は自分の好きなものを撮る。俺は俺の好きなもの、雨の美しさを映画にしたいんだ」

曇りひとつない瞳でまっすぐに夢を語る先輩は、眩しくて、眩しすぎて、直視できない。

先輩のことを尊敬しているし、役に立ちたいと思っているのに、わたしは先輩の足を引っ張ることしかできない。

「……あの、ごめんなさい」

気がついたら、頭を下げてそう言っていた。

先輩が「え?」と目を丸くしてわたしをじっと見つめる。

「どうして謝るの?」

「……脚本、ぜんぜん書けてなくて……。すみません」

声がかすれてうまく話せない。

「やっぱりわたしには、無理です……。一度引き受けたくせに、本当にすみません」

夏期講習がどうとかいう以前に、わたしにはそもそも無理だったのだ。もしも夏期講習に通うことにならなかったとしても、どうせ脚本なんて書けなかっただろう。そんな才能がわたしなんかにあるわけがない。それなのに、先輩の笑顔と言葉につられて安請け合いをしてしまった二カ月前の自分が恨めしかった。

先輩が、うーん、と唸って首をかしげた。

「……なんで俺が美雨さんに脚本を書いてほしいって声をかけたかというとね」

少し考えてから、彼は口を開いた。

「美雨さんは、たくさん考えてるような気がしたんだ」

「……え？」

予想もしなかった返しに、わたしは首をかしげる。先輩がなにを言おうとしているのか、まったく想像がつかなかった。

先輩は言葉を選ぶようにゆっくりと話す。

「渡り廊下で美雨さんを初めて見たときにね、美雨さんは、自分のこととか、他人のこととか、それ以外のこと……世界について、っていうのかな、ずっと考えつづけてる人だっていう気がした」

「考え……」

わたしはぱちぱちと瞬きをしながら、先輩の言葉を繰り返した。

もちろんなにも考えていないわけではない。でも、特別たくさん考えているとも思えない。他の人の頭の中を覗くことはできないから、よくわからないけれど。

本を読んでいると、自分には考えもつかないようなことや、気づかなかった視点や、わたしには絶対できないような深い思考に触れることもあって、むしろ自分はなんて考えが浅いんだろうと思うことすらある。

半信半疑で先輩を見つめていると、彼はにこりと笑ってくれた。

「いきなり脚本を書いてほしい、なんて、俺のわがままで困らせて、すごく負担かけちゃってるのは自覚してる。それは本当にごめん」

いつも前だけを、上だけを見て生きているような先輩が、眉を下げて申し訳なさそうに言うので、わたしは慌てて「そんなことありません」と首を振った。

そんなふうに思わせてしまったのはすべてわたしの不甲斐《ふがい》なさのせいだと思うと、自分が情けなかった。

「生きてれば、嫌なことだとか悩みだとか、いろいろあると思うんだけど……」

つづいた先輩の言葉に、わたしは息を呑んで目を見張った。先輩にも嫌なことや悩みがあるのか、と驚いた。

いつだって光の射す明るいほうだけを見て、無理解な冷たい言葉をかけられてもめげずに、脇目もふらずにひたすらまっすぐ走りつづけているような人なのに、悩んだりすることがあるのか。

「でも、それについて感じたことや考えたこと、そういうのを作品にするっていうのも、創作のひとつのやり方なんじゃないかな。だから、たくさん考えてたくさん悩んでる人は、抱えきれなくなったものを吐き出すことで、なにかしら作品を作り出すことができると思うんだ。きっとそれが自分の気持ちを軽くすることにもつながる」

「……はい」

そうなずきつつも、やっぱり驚きを隠せない。

わたしは、先輩はとにかく映画が好きで、綺麗なものが好きで、だから映画を撮るのだと思っていた。

でも今、彼は、『抱えきれなくなったものを吐き出す』ことで作品を作ると言った。もちろんただの一般論なのかもしれないけれど、自身にまったくそういう要素がなくても、そんなことを言ったりするだろうか。

もしかして、先輩にも、吐き出したい悩みが、あるんだろうか。わたしのコンプレックスや葛藤《かっとう》と同じように。

わたしはそろそろと視線を動かして先輩を見上げた。

そこにあったのは、いつもと変わらない、太陽の光を集めたように明るい横顔だった。嬉しそうに、ビニール傘を打つ雨を見上げながら話している。

やっぱり、わたしの考えすぎだろうか。

「だから、美雨さんにとっても、脚本を書いてみる……物語を作ってみるっていうのは、プラスになることもあるんじゃないかと思ったんだよね」

先輩が明るいままの顔をこちらに向けた。

「美雨さんは、口数は多いほうじゃないけど、いつもなにか考えてるような顔をしてるから」

「……そう、でしょうか」

「うん。ほら、今も」

先輩がひょいっと上半身を傾けて、わたしの顔を正面から覗き込むようにした。先輩の傘が大きく傾いて、ビニールを覆っていた水滴がぱらぱらと地面に落ちていく。

「今もなんかたくさん考えてるでしょ。俺の見立てでは、『この映画バカな先輩の言うことを信じていいのか？』って熟考してるな」

「えっ」

わたしは驚きに声を上げた。

「え、そ、そんなことないです！」

首と手をぶんぶん振り回していたら、指先が先輩の傘の柄にぶつかってしまった。慌てて謝る。

「あああっ、すみません、ごめんなさい！　あの、でも、本当にわたし、先輩のことは信じ……」

わたしが言いきる前に、先輩はふはっと噴き出した。

唖然とするわたしを前に、お腹を抱えてけらけら笑っている。

「いや、ごめん、美雨さんがものすごく焦ってるから、面白くなっちゃって……はは。いやごめん、我ながらたちの悪い先輩だね、……ふはっ、でもごめん、本当にそんな慌てると思わなくて、あははっ」

先輩があんまり楽しそうに笑うので、なんだかわたしまで自分の慌てぶりがおかしく思えてきて、ふふっと笑いを洩《も》らした。

でも、油断していたせいで少し八重歯が見えてしまった気がして、慌てて笑みを消す。

すると先輩がまたわたしの顔を覗き込んだ。

綺麗な作りの顔が、さっきよりもずっと間近に来て、わたしは思わずあとずさる。

先輩と話すことには慣れてきたけれど、彼の整った顔立ちにはまだ慣れない。というか、自分の容姿の悪さを自覚しているので気おくれしてしまって、一緒にいること自体が申し訳なくなってくるのだ。

「美雨さんは、笑顔も素敵だね」

だから、柔らかい声音で囁かれたその言葉を聞いた瞬間、嬉しさなんかより、疑念が湧き上がってきた。

だって、わたしの笑い方は、みっともないのに。きっとお世辞を言ってくれているのだ。

「……そんな……」

首を横に振りながら呟くと、先輩はにこっと満面の笑みを浮かべた。

「美雨さんはとても魅力的だよ。自分が魅力的だということにまったく気がついていないところも含めて、とても魅力的だ」

わたしはまた、ふるふると首を振る。

魅力、なんて、映人先輩や知奈さんみたいな人にこそ似合う言葉だ。わたしはその対極にいると、自分がいちばんよく知っている。

もっと髪が綺麗だったら、もっと目が大きかったら、二重瞼だったら、そばかすがなかったら、せめてもっと前向きで明るい性格だったら、お世辞とわかっていても「ありがとうございます」と笑って返せたかもしれない。でも、あまりにも理想からかけ離れた自分では、お世辞を正面から受け取ることすらおこがましくてできない。

「……すみません。よく、わかりません」

うつむいて答えると、沈黙が落ちてきた。

先輩がなにも言わないので、せっかく褒めてくれたのにちゃんと返せなかったから気分を害してしまったのかと、いたたまれなくて逃げ出したくなってくる。

次の瞬間、先輩が唐突に、ビニール傘を放り出して雨の中へと駆け出した。

いつもの突拍子もない行動。

目を見張るわたしのほうを振り向いた彼が、手に持っていたカメラのレンズをこちらに向ける。

と同時に、太陽をベールで覆うように隠していた薄い雲が切れて雨も弱まり、さあっとあたりが明るくなった。眩しさにわたしは目を細める。

「本当にいいなあ、雨と美雨さん」

真っ白に澄んだ陽射しと宝石みたいに輝く雨粒を全身に浴びながら、先輩がカメラの向こうでひとりごとのように言った。

撮るふりだけなのか、本当に撮影しているのかはわからない。でも、わたしは顔を背けてうつむいた。昨日は眠れなかったから肌の調子が悪いし、髪も手入れする余裕がなかったから、いつも以上にぼさぼさだ。映りたくない。

「……あはは。わたしなんか映して、どうするんですか。美人じゃないし、可愛くもないし……。もっと綺麗な子、たくさんいるじゃないですか。はは……」

重くならないように、笑い声を交えながら、軽口っぽい口調を心がけて言った。

返答がなくて、不安になる。卑屈な発言をしたら変に気を遣わせてしまうかもしれないから、言わないようにしようと気をつけていたのに、我慢できなくて言ってしまった。

　後悔したのもつかの間、

「……あのね」

　ふいに先輩が静かに口を開いた。見ると、カメラを下ろしてじっとわたしを見ている。穏やかに微笑んで、でもとても真摯《しんし》な眼差しで。

「この前、同じ題材の映画でも、監督によってぜんぜんちがうものになるって話をしたけど」

「……はい」

「映画がたくさんの人に愛されてきたのは、育った環境も考え方も、価値観も生き方も、なにもかもちがう人たちが、それぞれの感性で、それぞれの伝えたいことを、形にしてきたからだと思うんだ」

「え……」

「この世にたったひとりしか作り手がいなかったとしたら、その人がどんなに素晴らしい映画を作ったとしても、映画を愛する人はこんなにたくさんいなかっただろうし、映画という芸術は栄えなかったと思う。……ごめん、なかなかうまく言えないんだけど……。でも、たぶん文学や音楽でも同じじゃないかな」

　先輩の言葉に、わたしは少し首をかしげて考える。

もしこの世にたったひとりの作家の作品しかなかったとしたら。たしかに読書家は今よりずっと少なかったかもしれない。そしたら本屋さんも図書館もなかったかもしれない。そうなるとわたしも本に出会うことがなく、読書を好きにならなかったかもしれない。

そもそも、人には好みというものがあるから、どんなに素晴らしい作家でも、読んだ人全員がその作品を好きになるとは限らない。

だから、世の中にはいろんなジャンルの、たくさんの本があるのだ。

きっと、数え切れないほどの作家たちが、それぞれのやり方で、本の世界を支えている。それは映画や音楽や絵画の世界も同じだろう。

「……はい」

わたしがうなずくと、先輩は満足げに笑った。

「映画の中も同じで、たとえどんなに演技がうまくて容姿が優れていて、この世のすべての映画の主人公がみんなその役者さんだったら、ずいぶんつまらないと思わない？」

わたしはまたこくりとうなずく。うなずきながら、レンタルビデオ店に並ぶＤＶＤのジャケットがすべて同じ女優さん、という図を想像してしまって、おかしくてふっと笑いを洩らした。

「だから、美雨さんは……」

そのとき、ふと空を見上げた先輩が、突然びくりと肩を震わせ、ぱっとうつむいて目を押さえた。

「……先輩？」

声をかけたけれど、彼はそのまま動かない。右手で目許を覆ったまま、じっと下を向いている。

「あの、先輩……」

いったいどうしたのかと不安になってそろそろと近づいたとき、先輩の唇が青ざめていることに気がついた。驚きに息を呑む。

もしかして気分が悪いのだろうか。今日は天気が悪くてそれほど暑くはないけれど、雨や曇りの日でも熱中症の危険はある、と体育の先生が言っていた。

「先輩、大丈夫ですか？　保健室……あ、なにか飲むもの……」

なにかしなきゃと思うのに、なにをすればいいのかわからない。ただ先輩のとなりでおろおろするだけ。わたしは本当になんにもできない役立たずだ。

わたしの問いかけには応えることなく、先輩は膝の力が抜けたようにがくんとしゃがみ込んだ。

「先輩……！」

動揺を隠しきれずにかすれた声を上げたそのとき、なにか音が聞こえてきた。

向こうから駆け寄ってくる誰かの足音。

知奈さんだ。ものすごい速さでこちらに走ってくる。

「映人！」

知奈さんが叫ぶように先輩を呼んだ。

鞄を放り投げそうな勢いで地面に置き、先輩のかたわらに膝をついて、肩を抱えるように背中に手を回す。

そして、いつもあっけらかんと明るい彼女からは聞いたこともないような、ひどく真剣な、そして深刻な、切羽詰まったような声で、何度も先輩に言う。

「映人！　映人、大丈夫⁉」

そのすべての行動が、仕草が、声音が、彼女の彼に対する深い想いを物語っているようで、わたしは圧倒されてあとずさる。

「映人、どうしたの！　大丈夫⁉」

「……ごめん」

そこでやっと先輩が口を開いた。聞いたこともないような、細く弱々しい声だった。

知奈さんのほうに首を傾けた拍子に前髪の隙間から少しだけ覗いた顔は、見たこともないような、眉根を寄せてつらそうな顔だった。

やっぱり体調が悪いのかもしれない。大丈夫かな。突然しゃがみ込んでしまった人を前にした者として当たり前にそう心配する自分とは別に、もうひとり、まったく場ちがいなことを考えている自分が、頭の片隅にいる。

わたしはかぶりを振って、もうひとりの自分を必死に追い払おうとする。

でも、どうしても消えてくれない、暗い思考。

どうしたってわたしは入り込めない雰囲気、ふたりだけの世界。それを見せつけられて、渦巻くどす黒い感情。

先輩に寄り添って必死に呼びかける美しい知奈さんと、少し離れたところから黙り込んで見つめるだけの醜いわたし。

わたしと彼女の間には、到底飛び越えられないような深い渓谷が広がっている。

なにこれ。なんだこれ。なんでこんなにちがうんだ。

どうしてわたしは。どうして知奈さんは。

しばらくして、先輩はゆっくりと立ち上がった。

「……知奈、ありがとう」

囁くように言う柔らかい声が、聞きたくもないのにわたしの耳にも届く。

軽く頭を振り、それからすっと上げた彼の顔には、いつもの明るい笑みが浮かんでいた。

「ごめん、美雨さん。びっくりさせちゃって」

「あ……いえ。大丈夫ですか」

「うん、ぜんぜん大丈夫。ちょっと太陽直視しちゃって、眩しくて眩暈《めまい》がしちゃった。間抜けだよね、我ながら」

先輩はあははと笑う。

そしてわたしは、ああ、そうか、ととたんに気づく。気づいてしまう。

先輩がいつも明るく、なにものにも折られないくらい強く見えるのは、わたしにはそういう面しか見せないからなんだ。暗さや弱さを、わたしには見せないだけだ。

きっと彼にだって悩みや葛藤はあるのに、わたしには見せないだけ。ただの先輩と後輩だから。

でも、恋人である知奈さんには、すべてを見せるのだ。さらけ出せるのだ。

当然のことだ。

「とりあえず、中に入ろう。ね、映人」

知奈さんが気遣わしげに言い、部室のドアを開けて先輩の背中をそっと優しく押す。先輩は素直にうなずき、やっぱりまだどこか元気のなさそうな様子でドアの向こうに姿を消した。

わたしは硬直したまま、視線だけを動かして窓の外から中を覗き見る。

窓ガラスの向こう、ふたつ並んだパイプ椅子に腰かけた先輩と知奈さんが、整った綺麗な顔を寄せ合うようにして、なにか話していた。

窓ガラスに映ったわたしは、自分でも吐き気がするくらい醜い顔をしていた。

固く閉ざされたドアの前で、わたしはひとり立ち尽くす。

いつの間にか、空はずいぶん暗くなっている。予報よりも早く雨になりそうだ。さっきの小雨は通り雨だと思ったけれど、どうやらちがったらしい。

そんなことを考えているうちにまた雨が降り出して、あっという間に激しいどしゃ降りになった。

地面に叩きつけるような雨だった。ざあざあと轟音を立てながら絶え間なく降り、まるで空間を水で埋め尽くしてしまおうとしているみたいだ。

遥か上空から落ちてくる雨粒は、まるでちがう世界から来たみたいに冷たくて、全身の肌に氷の棘が突き刺さるようだった。

わたしはむき出しの腕をさすりながら、激しい雨をぼんやりと眺める。

水が張ったアスファルトに雨が打ちつけ、無数の雨粒が跳ねて景色を白く霞ませていた。

永遠に止まないように思えるほど、ひどい雨だった。

＊

どうしても部室には入れなくて、『急用ができたので帰ります』と知奈さんにメッセージを送って、そのまま帰宅した。

まだ昼過ぎだったので、家には誰もいない。

雨の檻に閉じ込められたような家の、ひっそりと静まり返った薄暗い部屋で、膝を抱えたまま何時間もぼんやりしていた。

頭を真っ白にしたいと思うのに、目を閉じても、耳を塞いでも、映人先輩と知奈さんのことが離れない。

ふたりの寄り添う姿が瞼裏に焼きついていて、必死に彼の名前を呼ぶ彼女の声が鼓膜に染みついていた。

外が真っ暗になったころ、わたしの唇から自嘲的な笑いがこぼれた。

「……うそ」

ははは、はははは、と乾いた声で何度も笑う。自分の意思では止められない。

「全部、全部、うそ……」

先輩を困らせたくないとか、知奈さんに嫌な思いをさせたくないとか、だから諦めなきゃとか、もう諦めるとか、そんなの、全部うそっぱちだった。今さらながらにそう自覚する。

どうせ振られるとわかっているから、告白する勇気がないから、言い訳をしていただけ。

本当は、どうしようもなく、先輩のことが好きだ。

どうにかして近づけないか、どうにかして仲良くなれないか、どうにかして好きになってもらえないか。そんな下心で頭がいっぱいで、知奈さんに遠慮するふりをしながらも、本当は虎《こ》視《し》眈々《たんたん》と先輩のことを狙っている。そんな卑怯な肉食獣が、わたしの本当の姿だ。

だから、なにかと理由をつけて映研に入ったし、脚本なんて書けないのに通いつづけた。ただとにかく先輩のそばにいるために。

でも、今日、嫌というほど思い知らされた。

映人先輩と知奈さんの間には、わたしが入り込める隙間なんて、これっぽっちもない。

先輩がわたしにすべてを見せてくれることも、わたしに心を向けてくれることも、一生ない。

わかりきっていたけれど、やっと、心から思い知った。

「はぁ……」

もう終わりだ、わたしの恋は。

これでもう本当に終わりにしなきゃいけない。

もう捨てるんだ、こんな想いは。

ただただ重いだけの、誰にも喜ばれない、受け取り手のいない荷物なんて、捨てるしかないのだ。

気がついたら、床に水溜りができていた。

それは自分の目からこぼれた水だと、しばらくして理解する。

どしゃ降りの雨よりも激しい勢いで、ぼろぼろと涙が流れていた。

わたしは嗚咽を洩らし、激しくしゃくりあげながら、机の上にあったノートとボールペンを手に取った。

涙で滲んでぼやける視界の中で、右手に握りしめたペンが、真っ白なノートをどす黒く汚していく。

殴り書き、という表現にこんなにぴったりな字はない。

一行目には、『今日は、命日だ』と書いた。


今日は、命日だ。わたしの恋の命日。

誰にも思い出されることのない、寂しい命日。

だから、せめて、わたしくらいは、今日くらいは、

誰にも知られずひっそり死んでしまった
あの恋を悼《いた》んで、涙を流してあげよう。

はっきりと記憶があるのは、そこまでだった。

気がついたときには、朝になっていた。ノートを見ると、最後のページまですべて、真っ黒な字で埋まっている。

雨の檻の中でわたしは、取り憑かれたように、映画の脚本を書き上げていた。ずっとお母さんの呼びかけや小言に生返事ばかり返していたせいで、お母さんはかんかんに怒っていたけれど、寝不足のぼんやりとした頭ではなにも気にならなかった。

朝ご飯には手をつけず、牛乳を少しだけ飲んで、お母さんに言われるがまま塾の参考書を鞄に詰め込んで、脚本を書いたノートも一緒に入れて、早朝に家を出た。

いつもの電車に乗り、まだ誰もいない通学路を歩き、誰もいない部室にノートを置いて、急いで学校を出た。

それきり二度と、わたしは部活に行かなかった。

初めて、勝手に夏期講習に申し込んだお母さんに感謝した。忙しく慌ただしく過ごしていたら、先輩のことを、考えなくてすむから。

雨夜《あまよ》星《ほし》の煌《きら》めき

Amayonohoshi

＊

あっという間に夏休みも後半に差し掛かった。

今日からはお盆で、夏期講習も中休みになっていた。

時間をつぶす方法がなくなるのが嫌で、参考書を買いに行きたいと言ったら、お母さんは嬉しそうに「しっかりがんばりなさいよ」とお金を渡してくれた。わたしが勉強に熱心に取り組みはじめたと思って喜んでいるらしい。部活に行っていないこともお母さんを喜ばせている理由のひとつだった。

わたしはただ現実逃避のために勉強しているだけなので、勘ちがいさせて申し訳ないけれど、おかげで勉強しろとうるさく言われなくなって楽なので、勘ちがいさせたままにしている。

でも、先輩のことを考えたくない一心でひまさえあれば塾の問題集を開いていたら、勉強に集中しきれていなかった一学期に比べてずいぶんすらすらと解けるようになってきたのは皮肉なことだと思う。

本屋に行くために家を出ようと洗面所で髪のセットをしていたら、廊下をどすどすと歩く音がして、ちらりと見ると、悠河がTシャツにジーンズ姿で玄関に向かっていた。

「悠河、どこか行くの？」

お母さんが訊ねる声が聞こえてくる。

「花火大会」

悠河はぶっきらぼうに答えた。そのままがちゃりと音がして、玄関から外へ出たらしいとわかる。

そういえば花火大会は今日だったか、と思い出した。このあたりでいちばん大きな夏祭りだ。最後に数百発もの花火が連続で打ち上げられることで有名で、毎年市内から大勢の人が集まる。

映人先輩と知奈さん、行くんだろうな。そんな想像で、自分をまた傷つける。

どうやったって叶わない恋なのに、どうして性懲《しょうこ》りもなく先輩のことを考えてしまうんだろう。知奈さんのことも大好きなのに、どうして醜い感情を抱いてしまうんだろう。

好きな人の幸せを心から願う、たとえ自分と結ばれなくても他の人と幸せになるならそれでいい。そんな健気な思いが描かれる純愛物語を、いくつも読んだことがあった。そのときわたしは、感動した。すごく綺麗な恋だと思った。これこそが本当の愛だと思った。

でも、自分のこととなると、ぜんぜんちがう。自分本位なエゴの塊のわたしは、どうしたってそんなふうには思えない。

頭と心は別物だ。頭ではこうしたいと思っていても、わがままな心が勝手に葛藤したり嫉妬したり、本当に言うことを聞かない。

暴走する心を、もうずっと持て余している。

＊

真夏の街は、カップルや家族連れであふれ返っていた。浴衣姿の人もちらほら見かける。

楽しそうに、幸せそうにショッピングを楽しむ人々の間を、わたしはうつむいて速足ですり抜ける。

ふと目に入ったショーウィンドウには、ふんわりとしたシルエットの真っ白なワンピースを着たマネキンが立っていた。いつか知奈さんが見せてくれた雑誌に載っていた服と似ている。裾にあしらわれた細かいレースと麦わら帽子が、可愛らしい清楚さと夏らしい爽やかさを感じさせた。

素敵な服だな、とぼんやり眺めていたけれど、ガラスに映る自分に焦点が合った瞬間、はっと笑いがこぼれた。

ぜんぜん可愛くない上に、性格の悪さが滲み出た顔。そのうしろを、高校生くらいの男女が手をつないで通りすぎていく。幸せそうだった。

また自分の顔にピントが合う。こんな外見も内面も醜い人間が、誰かに選んでもらえるとは思えない。先輩みたいに綺麗な心の人なら言うまでもない。

到底似合うはずのない可愛いワンピースを視界の外に追いやって、わたしはまた歩き出した。世界は見たくもないものばかりだ。

駅ビルの中の本屋に入って、参考書を適当に見つくろってから、文庫本のコーナーに移った。

いつもはわくわくしながら、よさそうな本がないか探すのに、今日はぜんぜん気持ちが高揚《こうよう》しない。

気乗りしないまま、いつもの習慣で一冊ずつ眺めていくものの、なぜだか恋愛ものばかりが目に入ってきてしまって、さらに気落ちした。

世の中には、なんて恋愛小説が多いんだろう。

わたしだって素敵な恋のお話は好きだけれど、絶対に叶わない恋を諦めきれずに、でも抱えきれずに苦しんでいる今は、恋愛ものなんて読みたくもないと思ってしまう。

だって、恋愛小説の主人公は、自分ではどんなにコンプレックスを抱いていて自信がなくても、誰かから想いを寄せてもらえるのだ。選んでもらえるのだ。ありのままの君が好きだと言ってくれる人がいるのだ。

そんな見込みなど一切ないわたしのような人間からしたら、幸せな恋の話も、切ない恋の話も、つらいものでしかない。

はあ、と深いため息をついて、わたしは売り場をあとにする。

レジに行って参考書だけを購入し、店を出た。

＊

まっすぐ家に帰る気にはなれなくて、駅前の待ち合わせ場所によく使われている噴水のへりに腰を下ろした。

道行く人々を見るともなく見ていたとき、鞄の中でスマホが小さく震えた。

お母さんからの連絡だろうな、と思いながら取り出して確認した瞬間、ひゅっと息が止まった。

『知奈さん』という文字を、瞬きすら忘れた目で凝視する。

ロック画面に表示された、コスメの写真のアイコンの横に、『美雨ちゃん、久しぶり！』という冒頭の一文が映し出されていた。

知奈さんから、メッセージ。いったいなんの話だろう。

開くのが怖くて、スマホを持ったまましばらく硬直していた。

数分ほど経ったころ、やっと決意して指を動かす。

『美雨ちゃん、久しぶり！』

知奈さんらしいカラフルな可愛いスタンプと一緒に、そんなメッセージが届いていた。

『毎日暑いね。元気してる？　わたしと映人は相変わらずです』

ああ、やっぱり見なければよかった。まさかここで、ふたりの仲を見せつけられるとは思わなかった。

もちろん知奈さんは、わたしがひそかに彼女の恋人に想いを寄せていることなんて知らないのだから、当てつけでもなんでもなく、ただ近況報告をしているだけだ。それをわたしが勝手に嫌なふうにとらえているだけ。

わかっているけれど、そんなに簡単には受け入れられない。

目を閉じて、何度も深呼吸をして息を整え、また決意を新たに画面に目を落とす。

『もし今日ひまだったら、これから会えない？　話したいことがあるんだけど』

どくん、と心臓が音を立てた。

『もちろん今日じゃなくても、美雨ちゃんの都合のつく日でいいよ』

部室に置き逃げした脚本のことを思い出す。まだ三週間ほどしか経っていないのに、ずっと昔のことのように思えた。

あのときは、せめて脚本を仕上げるという責任くらいは果たさないと、という思いと、抱えきれない気持ちを吐き出してしまいたい、という思いで、無我夢中で書き上げて部室に持っていった。

知奈さんも読むのだということを、考えていなかったのだ。

きっと彼女はわたしの脚本を読んで、そしてもしかしたらなにかを察して、それについて話をしようとしているのかもしれない。

怖かった。どんな話をされるのかと思うと、怖くて返信できない。

でも、きっと逃げていたってどうにもならない問題だ。

臆病な心に鞭打って、『今から大丈夫です』とメッセージを送った。

文字を打つ指がひどく震えていた。

＊

知奈さんが指定した待ち合わせ場所は、駅前のスタバだった。

「やっほー、美雨ちゃん！　めっちゃ久しぶりだね」

彼女はいつも通りのあっけらかんと明るい表情を浮かべて、ひらひらと手を振りながらやってきた。

「……こんにちは」

「美雨ちゃん、元気してた？」

「……はい」

わたしはきっと下手くそな笑みを浮かべているけれど、知奈さんはまったく気にするふうもなく、普段と変わらずにこにこと話しかけてくれる。

今日の知奈さんは、学校での姿とは少し雰囲気がちがっていた。なんだろう、と彼女の顔を見て、すぐにわかる。化粧をしているのだ。

派手すぎず控えめなメイクが、逆に顔立ちの良さを際立たせている。耳には大きな金色の輪っかのイヤリングが揺れていて、その顔の小ささと身体の華奢さを引き立てていた。おしゃれで可愛くて、そしてとても綺麗だった。

きっと映人先輩とのデートのときは、いつもこんな素敵な姿をしているのだろう。そんなことをまた考えてしまって、胸がずきずきと痛む。

「あのね、単刀直入に言うけど……」

レジで注文して商品を受け取り、窓際のテーブル席についてすぐ、知奈さんが口を開いた。

改まった口調と真剣な顔に、今度は胸がどきりと音を立てた。

「映人に会わなくていいの？」

「……はい？」

予想とは正反対の言葉が飛んできて、わたしはぽかんと口を開く。

てっきり、『映人には二度と会わないで』というようなことを言われると思っていたので、頭が真っ白になって思考停止してしまっていた。

唖然としているわたしに、彼女が言葉をつづける。

「美雨ちゃん、映人のこと、好きなんでしょ？」

確信ありげな言い方だった。

わたしは息を呑んで凍りつく。投げかけられた言葉の意味を理解するのに、数秒かかった。

わかった瞬間、かっと頭に血が昇り、ばくばくと心臓が暴れ出す。

「……す、好き……？」

震える声で、わたしは動揺を隠しきれずに訊ね返した。

そんなことを訊かれても、いくらなんでも先輩と付き合っている知奈さんの前で、正直に答えられるはずがない。

必死に隠してきて、絶対に気づかれないように細心の注意を払ってきたのに、とうとう知られてしまったのか。

なんとか気持ちを落ち着けようと、甘いカフェラテに口をつける。でも、まったく味がしない。

「いえ、あの、ええと、そんなことは……」

しどろもどろになんとか誤魔化そうとしたけれど、彼女は構わずにこりと笑ってつづけた。

「あの脚本、読んだよ、『わたしの恋の命日』」

ひっ、と声を上げそうになった。やっぱり読んでしまったのだ。

どう思っただろう。怒っているのか。不安で頭がいっぱいになる。

「すっごくよかったよ！　感動した！」

でも、彼女は笑顔のままわたしの両手を握りしめた。わたしは驚きのあまり
「わっ」と小さく叫んでしまう。

「そ、そう、ですかね……。ありがとうございます……」

やっぱり映人先輩のことだとは気づかれずにすんだのだろうか、と少しほっとする。

そうだよー、と明るく答えたあと、知奈さんはふっと視線を流した。窓の外の歩道を行き交う人々を、なにかを考えるように、なにかを思い出すように見つめながら、

しばらく沈黙する。

「……すごくすごく好きなのに、ぜんぜん目を向けてもらえない、気づいてすらもらえない主人公の切ない気持ちが胸に刺さって、読んでるだけで泣けてきちゃった……」

少しして、知奈さんが呟くようにそう言った。大きな瞳が潤んでいるように見える。

わたしの書いた脚本は、決して報われない恋の話だった。

映人先輩と付き合っていて、あんなに仲が良くて、幸せいっぱいなはずの彼女があの物語に共感したのは、どうしてなんだろう。

不思議に思っていると、知奈さんがふふっと笑ってこちらを見た。

「あれ読んで、すぐわかったよ」

「え……?」

「あのお話、美雨ちゃんの映人への恋を描いたんでしょう」

薄い唇を綺麗な笑みの形にして、彼女が言った。

その言葉にああ、やっぱり、と殴られたような衝撃を受ける。

「……いえ、あの……あれ、は……」

知らぬ間にうつむいていた。膝の上できつく握りしめたこぶしが白くなっている。

知奈さんのほうから訊ねてきたのだから、言い訳なんてしないで素直に認めたほうがいいのかもしれない。でも、彼女がどういうつもりなのかがわからない。

はい、そうです。わたしは、あなたの彼氏さんのことが好きです。

そんなふうに答えたら、どうなるのだろう。彼女はどんな顔をして、どんな言葉をわたしにぶつけるのだろう。

もしも激しく責められたら、わたしはどうすればいいのだろう。

そう考えると、怖くてなにも言えない。

うつむいたまま押し黙るわたしをよそに、知奈さんはさらに言葉を重ねる。

「映人のこと、好きなんだよね？」

いったいどんな顔でそんなことを言っているのだろう、とおそるおそる目を向けると、意外にも彼女は、優しげに目を細めて微笑んでいた。

怒っていないのだろうか。不愉快にも思っていないのだろうか。

「……ねえ、美雨ちゃん」

柔らかくわたしを見つめていた知奈さんの目が、真剣な色に染まった。

「部活、来なくていいの？　映人に会わなくていいの？　このままだと二学期からも部活に来れなくなるよ。もう会えなくなってもいいの？」

よくない。もちろん、よくない。

わたしはまだ先輩のことを諦めきれていない。会いたいと、会えなくなってからも毎日思っていた。でも。

「……知奈さんは、それでいいんですか？」

自分の彼氏のことを好きな人間が、彼氏に会うことを、許せるのだろうか？

いくら優しい人でも、そんなことまで耐えられるのだろうか？

「え？　なんで？」

知奈さんは、心底不思議そうな顔できょとんと訊ね返してきた。

あ、もしかして。

子どもみたいに無邪気な彼女の表情を見て思う。

映人先輩がわたしなんかに惹かれるわけがないから、しょせん敵にもならないと思っているのか。眼中にないということか。

自分の存在があまりにもちっぽけなのだと思い知らされて、頭に靄《もや》がかかったようにぼんやりしてくる。でも、問いかけを無視するわけにもいかない。

「だって、自分の彼氏に……普通、嫌ですよね」

「……へっ？」

知奈さんが目をまんまるにして、真横に倒れそうなくらいに首を大きく傾けた。

「彼氏⁉」

わたしも大きく目を見開く。

「え……っ、え？　彼氏、ですよね……」

予想外の展開に靄の晴れた頭が、急にぐるぐる回りはじめた。

「知奈さんと映人先輩、付き合ってるんですよね……？」

たっぷり三秒ほどフリーズした知奈さんが、唐突に噴き出した。

「あははっ！　なるほど、そういうことかー！」

両手を叩いておかしそうに笑っている。

「いやいや、ないない、ないよ！　ぜんぜんない！」

理解が追いつかずに唖然としているわたしに、知奈さんが勢いよく手を振った。

そして、笑いすぎたせいか涙の滲んだ目を拭いながら、「あのね」と言う。

「映人とわたし、いとこなの」

今度はわたしが、たぶんたっぷり五秒はフリーズしたと思う。

「……えっ⁉」

やっとのことで声を出せたわたしに、知奈さんは「いとこ」と笑って繰り返した。

「わたしと映人の母親同士が姉妹なんだ。だから名字はちがうんだけどね」

驚きすぎて言葉が出ない、というのを、初めて経験した。

「そっかあ、付き合ってるって勘ちがいさせちゃってたのか。同じ学年の人たちはだいたい知ってると思うけど、他学年だとわからないもんね。ごめんね」

「はい……」

「家も近いし、昔から家族ぐるみで一緒に出かけたりしてたし、まあ半分きょうだいって感じで育ったから今でも仲は良いけど、でも恋愛とかほんっとーにありえないから。本当にきょうだいみたいなものだから」

そうか、そういうこともあるのか。その可能性はまったく考えていなかった。

そうは思うものの、なんだ、そういうことか、よかったよかった、という気持ちには、すぐにはなれなかった。

「でも……あの」

ずっと引っかかっていた大きな棘が、まだ抜けないまま残っている。

なけなしの勇気を振り絞って言うと、知奈さんが「へ？」と大きく瞬きをした。

「か……『可愛い』って」

「映人先輩が、知奈さんに、『やっぱり可愛いなあ』って言ってたの、聞こえたんですけど……」

わたしがそう言った瞬間、彼女はまた盛大に噴き出した。

「ええ？　映人がわたしに？　可愛いって？　そんなの言うわけないよ、ありえない、ありえない！」

想像しただけでウケる、と手を叩きながら豪快に笑う。

「たぶんなんかの聞きまちがいだよー。かわいそうとか、カワウソとか」

それでもわたしはまだ食い下がってしまう。

「……あの、だけど、本当に……二カ月くらい前、映人先輩が雨が降りそうって言って、わたしも一緒に部室を出て、そしたら雨が強くなってきて、知奈さんが傘を持ってきてくれたときに……か、可愛いって……」

あの日照り雨の放課後のことを、しどろもどろに説明する。親しげに先輩の耳許に顔を寄せていた姿が甦り、胸に刺さったままの棘がちくちく痛んだ。

それでも彼女は、

「ええ？　そんなことあったっけ……」

と首を捻《ひね》っていたけれど、

「あっ！　わかった」

なにかを思い出したように、唐突に声を上げた。それからわたしに笑いかけ、「あのね」と言う。

「わたし、小学生の弟がいるんだけど、ちっちゃいときからすごく映人に懐いてててね、映人のほうもすごく可愛がってくれてるんだ。で、たしかあのときは、弟が家からわたしのスマホに電話してきて、『はる兄に会いたい！　遊びに来て』って言っててきて。それを映人に伝えたから、『やっぱり可愛いな』ってデレデレしてたんだよ」

「そう……だったんですか……」

ここまで話してもらえたら、すべて自分の早とちりだったと、さすがに認めざるを得なかった。

勝手に勘ちがいして、勝手にショックを受けて、勝手に空回りして。

「……すみません」

泣きそうだった。必死にこらえて、まずは謝らなくてはと口を開く。

「……わたし、知奈さんと映人先輩が仲良くしてるのを見たくなくて、部活に行くのが嫌になって、無断で休んじゃいました。ご迷惑おかけしました。ごめんなさい」

部活に行かなかったのは夏期講習を受けていたからというのもあるけれど、それは本当は逃げ道に利用しただけだった。だからここで塾の話をするのはずるい言い訳になるので、言わない。

頭を下げたわたしに、知奈さんは優しく笑いかけてくれた。

「美雨ちゃん、謝らないで。映人も、『美雨さん、どうしたんだろ』って心配はしてたけど、ぜんぜん怒ってはないよ」

その表情と言葉が優しすぎて、逆にもっと泣けてきてしまう。

「それに、勘ちがいだったとはいえ、美雨ちゃんの気持ち、すごくわかる」

「……わたしもね、好きな人いるんだ」

知奈さんが、囁くような声で静かに言った。いつもの彼女とはまったくちがう表情と声音に、わたしははっとする。

「ずっとずっと好きな人」

綺麗な瞳に、切なげな、悲しげな色が滲んでいた。

「その人が他の人と仲良く話してたらすっごく嫌だし、見たくなくて逃げたりしちゃうよ、わたしも」

彼女の言う『好きな人』は、付き合っている相手ではないのだと、その声や表情でわかる。片想いなのだろうか。

「……告白とか、しないんですか」

知奈さんなら、告白したら絶対にOKをもらえるだろうに。そう考えて思わず口にしたけれど、困ったような微笑みが返ってきて、すぐに後悔した。

「したよ、告白。っていうか、もう百回はしたかも」

「えっ！」

「でも、ぜーんぜん、だめ」

彼女はそう言って笑ったけれど、とても寂しそうだった。

「……絶対叶わない系の恋だから」

小さく呟く表情を見たら、もう軽々しく言葉をかけることなんてできなくて、わたしは黙って話を聞くことしかできない。

「年上の人なの。しかもわたしが小さいころからの知り合い。だから完全にわたしのこと子ども扱いで、『本気で好き』って何回言っても『はいはい』って感じで、もうまったく相手にされてないし、完璧対象外！って感じ」

冗談めかして笑ったあと少し口をつぐんで、また囁くように彼女は言った。

「……たぶん一生無理だと思う。わかってるけど、諦めなんてつかない……」

今にも泣き出しそうな顔で、知奈さんは弱々しく笑った。

「きっとまた告白して振られるよ」

わたしはなにも言えないまま、ただ彼女を見つめる。わたしが憧れてやまない、ぱっちりと大きな目、しみひとつない真っ白な肌、黒くてつやつやの綺麗な髪。

こんなに美人で可愛くて、しかも明るくて優しい完璧な人でも、叶わない恋に苦しんでいる。

誰にとっても、恋は難しくて、苦しいのだ。

きっと、なんでも簡単に思い通りになる幸せなだけの恋なんて、ないのだ。

「わかってるんだけどね、会えたら嬉しくて、好きって言わずにはいられないんだ」

彼女はくすりと苦い笑みを浮かべて言った。

「自分でも馬鹿だなって思う。でも、どうしても諦めきれないんだよね……」

*

『映人のこと、好きなんだよね？』

『映人に会わなくていいの？』

『もう会えなくなってもいいの？』

家に帰るまでも、帰りついてからも、知奈さんの言葉がずっと頭の中でリフレインしていた。

いいわけない。もう会えなくてもいいなんて、思わない。

だって、先輩のことが好きだから。

だから、嬉しかったのだ。先輩と知奈さんの本当の関係を知ったとき。

でも、先輩が彼女と付き合っていなかったからといって、だからわたしにチャンスがあるというわけではない。

もしもわたしが知奈さんみたいに美人で可愛くて、綺麗な肌と綺麗な髪をもっていて、そして性格も明るくて優しくて素直な、誰にでも好かれるような人間だったら、もしかしたら先輩に告白する勇気も湧いたかもしれない。

ため息をつきながら、鏡に映る自分を見る。

だけど、こんな自分では、そんな行動が起こせるわけがない。

潤いのないぼさぼさに広がる髪。そばかすだらけの顔。重たい瞼。よどんだ瞳。色のない唇。

こんな魅力のかけらもない容姿で、映人先輩に『好きです』だなんて、言えるはずがない。

優しい先輩は、たとえわたしみたいな人間相手でも、きっと冷たく振ることなんてできないだろうから、とても困るだろう。

好きな人を困らせて、余計な気苦労をかけてしまうくらいなら、この想いは一生胸の中に秘めておいたほうがいいに決まっている。

それにわたしは、脚本だけを置き去りにして、自分は逃げてしまった。先輩たちに心配も迷惑もかけた。

こんな自分勝手な人間が、どんな顔で、先輩に会えるというのか。

だからわたしは、もう先輩に会う資格はない。

会えなくなってもしかたがないのだ。

催《さい》涙《るい》雨《う》の温もり

Sairuiu

＊

翌日は、図書館で勉強すると伝えて、朝早くに家を出た。

クーラーのきいた涼しい館内で、夕方まで学習スペースに居座って課題に取り組み、閉館のアナウンスが流れはじめたので外に出る。

急いで家に帰ったところで気詰まりなだけなので、必要以上にゆっくり歩いた。

夏休みに入ってから悠河の反抗期がひどくなり、お母さんも仕事が忙しいらしくてずっと苛々している。だから、家の居心地は前よりもさらに悪くなっていた。知らず、深いため息が唇から洩れる。

もう夕方だというのに、ただ歩いているだけでも、汗がじわりと滲んでくる。街路樹の下を通るたびに、耳が聞こえなくなりそうなくらい大きな蝉の声が降ってくる。青空には密度の高そうな入道雲がもくもくと湧いている。

夏だなあ、と思う。

子どものころは、真夏でももう少し涼しかったような気がするけれど、最近は毎年のように『去年より暑い』と思っている気がする。ニュースでも『過去最高の暑さ』としょっちゅう言っている。

このまま暑くなりつづけたら、世界はどうなってしまうんだろう。もしかしたら、いつか読んだ物語みたいに、北極や南極の氷が溶け出して、海があふれて、すべての陸地が水に覆われてしまうのかもしれない。

たとえば、今わたしがいるこの場所も、海に沈んでしまうかもしれない。ビルもマンションも、お店も家も、街路樹も植木も植え込みの花も、昆虫も動物も、車も人も、なにもかも海の底に沈む。海になった空を、鯨《くじら》や魚やくらげたちが悠々と泳いでいく。

まるで世界の終わりみたいな光景。

それはとてもこわいことだけれど、それならそれでいい気もする。

だって、世界が滅びてしまえば、もうこれ以上、悩んだり傷ついたりしなくていいんだから。

そんな非現実的な妄想をしているうちに、少しずつ日が傾いてきた。

駅から家へ向かって歩いている間に、いつの間にか空が薄暗くなっていた。

見上げてみると、さっきまでは姿の見えなかった雨雲が、頭上をものすごいスピードで流れていた。

そのうちぱらぱらと小さな雨粒が落ちてきて、本降りになった。夕立だ。雨の音で、周囲の世界から断絶されたような気分になる。

先輩と初めて会ったのも、こんな天気の日だった。ちょうど一年前の夏休み。

あれからもう一年も経ったのか、という気もするし、まだ一年しか経っていないのか、という気もした。不思議な感じだ。

全身に雨粒を浴びて、髪も身体も、服も靴も、びしょ濡れになっていく。

激しい雨に打たれながら歩いているうちに、気づけば深くうつむいていて、それに比例して気持ちもどんどん落ち込んでいった。

なにもかも、うまくいかないことばかりだ。

家のことも、恋も、将来のことも。考えれば考えるほど、なにひとつ明るい未来は見えない。

これから生きつづけていたって、どうせわたしはわたしのままで、今より悪くなることはあっても、よくなることなんてない。

目を閉じると、瞼の裏に、さっき空想した世界の終わりの風景が浮かんだ。

どうせ楽しいことも嬉しいことも起こらない未来なんだから、なにもかも海に沈んだ世界のほうが、よっぽど気楽かもしれない。

そんなことを、海の底みたいな雨の街を歩きながら思う。

知らぬ間に足が止まっていた。

帰りたくない。

ゆっくりと路肩にしゃがみ込む。抱えた膝に顔をうずめて、貝になる。

そのとき、ふいに、肩を打つ雨がやんだ。

驚いて顔を上げると、雨上がりの空のような明るい青色が視界いっぱいに広がっていた。青い傘だった。

「こんにちは」

傘の向こうから、傘の青と同じくらい明るい声が降ってくる。もちろん、声だけでわかる。

「……えっ。せ、先輩……」

すると傘が少し傾いて、映人先輩の笑顔が現れた。

「久しぶりだね、美雨さん」

いつもと変わらない、明るく澄んだ眼差し。

数年ぶりに先輩の声を聞いたような気がした。

「あ……ご、ご無沙汰してます」

頭を下げたまま、驚きで狭くなった喉からなんとか声を絞り出す。

先輩がかすかに笑う声が、雨と一緒に降ってきた。ぎゅっと胸が苦しくなる。

「となり、いいかな?」

「あっ、はい」

「ありがとう」

先輩がわたしを立ち上がらせ、近くの花壇のへりに座らせて、自分はその横に腰を下ろした。そしてふたりで青い傘の下に入る。

どきどきとうるさい鼓動を感じながら、ちらりととなりに目をやると、先輩はにこやかに雨景色を見ていた。

まるで夢か幻を見ているみたいだ。どうして先輩がこんなところにいるんだろう。

「……ぐ、偶然ですね」

なんとか笑みを浮かべてそう言うと、先輩がこちらを見てふふっと笑う。

「昨日、知奈と会ったんだって?」

「え？　あ、はい……」

「それ聞いて、羨ましくなっちゃって。俺も美雨さんの顔見たいなあって。それで、美雨さんの家、こっちのほうだって聞いてたから、会えないかなって思ってふらふら来てみたんだ。そしたらほんとに会えちゃった。すごい」

それは、どういう意味だろう。真っ白な頭で、必死に考える。

わたしに、会いたいと、思ってくれていた？　それでわざわざ来てくれた？

都合よく解釈しそうになる自分に気づいて、ふっと苦笑いが浮かんだ。

知奈さんと映人先輩がいとこ同士だと知って、嬉しさのあまり思考回路が狂ってしまっているらしい。

だからってわたしなんかが、先輩から特別な気持ちを持ってもらえるわけがないのに。気を引き締めろ、わたし。

それから、はっと気がつく。そんなことより、まずわたしは、先輩に謝らなくてはいけない。

「……あの、すみませんでした。部活、勝手に休んじゃって……」

すると先輩がからからと明るく笑う。

「いいよ、そんなの。美雨さんが元気なら。ぜんぜん気にしないで」

先輩はいつも通りだった。いつも通り明るい声で、優しい言葉をかけてくれる。

ああ、やっぱり好きだな、と改めて実感してしまう。性懲りもなく。

わたしは本当に馬鹿だ。

少し沈黙が流れたあと、先輩が口を開いた。

「脚本、書いてくれてありがとう」

どきりとした。深く息をして呼吸を整え、「いえ」と答える。

「遅くなった上に、部室に置き逃げしちゃって、ごめんなさい」

先輩はまた笑って「そんなの気にしないで」と繰り返した。

「あのとき美雨さんがノートに書いてた『恋の命日』って言葉、ああいう意味だったんだね」

はるか昔のことのように思える図書室でのひとときを思い出しながら、わたしは「はい」とうなずき、つづける。

「……告白して振られた失恋でも、付き合って別れた失恋でもなくて、告白する勇気さえなく、相手に気づいてもらうことすらできず、誰にも知られないまま死んだ恋の、命日です」

先輩が「うん」と静かにうなずいた。

「すごくよかった。恋の切なさと雨がうまくリンクしてて、俺の描きたい世界観にぴったりの話だ、やっぱり美雨さんに頼んでよかったな、って思ったよ」

「そう……ですか」

「カット割りとかロケーションとか演出は、夏休みの前半でだいたい決めたから、これから撮影していこうと思ってる」

部活の話を聞くと、さらに申し訳なさが込み上げてきた。たいした役にも立たない存在とはいえ、撮影にあたってはわたしに割り当てられる予定の仕事がいくつもあった。それなのに勝手に休んでしまって、先輩たちにきっとたくさん負担をかけてしまっているはずだ。

「……本当に、すみませんでした。ずっと無断で……」

「いいよいいよ、ほんとに気にしないで」

先輩がひらひらと手を振る。それから、目を細めて首をかしげ、確認するように訊ねてきた。

「なにか理由があったんでしょ？」

「え……」

その言葉の意図がわからなくて、わたしは目を見開いた。先輩がにこりと笑う。

「だって、美雨さんは、理由もなく休むような子じゃないから。二カ月も一緒に部活やってたんだから、ちゃんとわかってるよ」

ぐっと胸が苦しくなる。わたしはそんなふうに言ってもらえるような人間じゃないのに。本当に自分勝手な理由で、自分の気持ちを優先して、逃げ出すように部活を休んでしまったのに。

「……ありがとうございます」

思わぬ優しい言葉に、ふんわりと包まれた気がして、涙腺がじわりと緩んだ。なんとかこらえる。

勘ちがいしちゃいけない、と必死に自分に言い聞かせながら、わたしも先輩と同じように白く霞む街を眺める。

雨が降っている。まるで柔らかいカーテンのように、わたしと先輩をそっと包み込んでくれている。

世界にたったふたりきりになったような錯覚に陥る。

このまま永遠に、この優しい雨に包まれていたい。

そう思った、ちょうどそのときだった。

「美雨！」

雨のカーテンを引き裂くような、鋭い声が飛んできた。驚きに肩が震える。

振り向くと、道の先にお母さんが立っていた。買い物帰りらしく、買い物袋を左手に提げ、右手で真っ赤な傘を差している。

「お母さん……」

「美雨、来なさい」

お母さんは無表情のまま硬い声で言い、形だけの礼儀のように、先輩に小さく会釈をする。

話をやめてこっちに来なさい、というメッセージを感じ取ったわたしは、慌てて先輩に向き直る。

「あ……先輩、すみません」

「うん、またね」

先輩は笑顔で手を振ってくれた。

＊

「……図書館で勉強してたんじゃないの？」

歩きはじめて数歩ほどで、お母さんが前を向いたまま低く言った。

「あ、うん、してたよ。それで、もう閉まっちゃったから、家に帰ろうとしてたところで……」

なんだか怒っている気がする。そう思うと、自然と身体も声も強張った。

「あの人は、誰なの？　どういう関係？」

「あ、映画研究部の、部長さんで……二年の先輩……」

お母さんはちらりとわたしを見て、差していた傘の柄をこちらへ手渡してきた。それを受け取り、自分とお母さんの間に差す。大きな傘ではないので、わたしもお母さんも外側の肩から腕がどんどん濡れていく。

「脚本がなんとかとか聞こえたけど」

お母さんはまた低い声で淡々と訊ねてきた。

「あ、うん、ええと……わたし、部活で脚本の担当になって……」

「あなたが自分からやりたいって言ったの？」

「いや、やってみないかって言ってくれたのは、先輩だけど、……」

言葉に詰まる。

『わたし自身もやってみたいと思ったから』。そう言うべきだと思った。先輩に責任をなすりつけるわけにはいかない。

でも、喉が引き攣《つ》れたように、その言葉が出てこない。

「あの人が美雨をふざけた趣味に引き込んだのね」

「……！　ち、ちが……」

首を振って否定の言葉を口にするけれど、言い終わる前にお母さんが「なるほどねえ」と皮肉っぽく言った。とたんに声が出なくなる。

「あの人に気に入られたくて、映研とやらに入って、できもしない脚本まで引き受けたってわけね」

「ち、ちがうよ！」

ちがわないけど、ちがう。いや、ちがうけど、ちがわない。

頭の中がこんがらがって、よくわからなくなってくる。

たしかに、先輩と少しでも近づけたら、という気持ちはあったけれど、それだけではなかった。物語を考えるのは好きだし、映画も詳しくはないけれど好きだし、だからやってみたいと、自分で思って、映研に入ることにしたのだ。

決して引き込まれたわけでも、強制されたわけでもない。先輩はいつだってわたしの意志を尊重してくれていた。

それをなんとかうまく言葉にまとめて伝えようと思ったのに、わたしが口を開く前にお母さんが早口で喋りはじめてしまった。

「あなたねえ、ただでさえ要領が悪くて勉強についていくだけで手いっぱいなくせに、浮わついた理由でほいほい引き受けて。どうしてあなたはそうなの？　どうして先を見通して行動できないの？　今のあなたに必要なのは色恋じゃなくて勉強でしょ。恋愛なんて大人になってからでいいのよ。今すぐやめなさい。諦めなさい」

諦めるって。そんなの、無理だ。

だって、自分でも諦めようと何度も思ったのに、必死に抑えようとしたのに、それでもやめられなかった。

わたしは唇を噛みしめてうつむく。

「我を通してばっかりじゃ、ろくな大人になれないわよ。あなたはなんの取り柄もないんだから、お母さんの言うことを黙って聞いてればいいの」

「あのー」

突然、場違いなくらいに柔らかい声が、わたしとお母さんの間に入ってきた。

驚いて振り向くと、背後に映人先輩が立っていた。

「え……っ、先輩……？」

「ごめんね、うしろで話聞いちゃった」

いたずらっぽく先輩は笑い、それからふっと笑みを消して、お母さんにまっすぐ目を向けた。

「差し出がましいことを申し上げるようですが」

穏やかな物腰だけれど、揺るがない強さを感じられる口調だった。

お母さんが気おくれしたように少しあとずさる。傘を打つ雨の音が大きくなった。

「いくら自分の子どもでも、子どものことを思って言ったことだとしても、今のは、だめです。言っていいことと悪いことがあります」

「は……？　なんなの、あなた……」

お母さんは険しい表情で眉を寄せているけれど、肩が縮まっている。真っ赤な傘がゆらゆら揺れる。

「あなたが今おっしゃったことは――ろくな大人になれないとか、なんの取り柄もないとか、黙って言うことを聞けとか、そういう言葉は、美雨さんを痛めつけ、傷つけ、縛りつけるものだと思います。あんな言葉を向けられたら、美雨さんは身動きがとれなくなります。そんなつもりはなかったのかもしれないですけど、僕にはそういうふうに聞こえました」

先輩は真っ青な傘をまっすぐに持ったまま続ける。

「それは、それだけは、いくら『子どものためを思って』いたとしても、言っちゃいけない。子どもの息の根を止めてしまう言葉です」

「もう、なんなの！」

お母さんが突然、叫んだ。わたしはびっくりしてお母さんを見る。

「綺麗事、屁理屈ばっかり！　嫌になる！　親になったこともない人間には親の気持ちも苦労もわからないわ。どれだけ親が子どものことを思って、将来のことを心配してるのか。一度子どもを育ててみなさいよ、そしたらわかるわ」

お母さんが家の外で、家族以外の前で、こんなふうに声を荒らげるのを見たのは、初めてだった。

「部外者が余計な口出ししないで。美雨のことはわたしがいちばんわかってるの！　美雨の母親なんだから」

「………」

先輩は口をつぐみ、じっとお母さんを見つめた。それから静かに口を開く。

「親だからって、子どものことをなんでもわかっていると思ったら、大まちがいです」

お母さんがかっと目を見開いた。

「子どもは親とは別の人間です。自分の人生があって、自分のことをちゃんと考えてます。あなたも子どもだったことがあるんだから、あなたにも親はいるんだから、少し考えたらわかるんじゃありませんか」

わたしは瞬きも呼吸も忘れて先輩を見つめる。

先輩がこんなに強い言葉を、厳しい口調で話すのを、見たことがなかった。わたしが彼の進路面談を聞いてしまったときも、ここまで鋭い反論はしていなかった。目の前の彼がまるで知らない人みたいに思えて、どうすればいいかわからなくなる。

「美雨！　こんな人と関わるのはやめなさい！　悪影響しかないわ！」

お母さんは先輩から視線を外し、きっとわたしを見た。

「ちょっと待ってください、まだ話が……」

さらに続けようとする先輩を、わたしはさっと手をあげて止めた。

「もういいです、先輩」

これ以上、嫌な言葉をぶつけられる先輩を見たくなかった。取り乱すお母さんも見たくなかった。

「もういいんです……」

「よくないよ」

わたしの言葉を遮るように、先輩がきっぱりと言った。

「美雨さん。よくない」

先輩が真剣な顔でわたしを見ている。

突き刺さって穴が開いてしまいそうなほど、まっすぐで強い眼差し。

「自分のことを、もういい、なんて言っちゃだめだ。美雨さんがあんなふうに言われるのを、俺は黙って見てられないよ」

「……本当に、いいんです。お母さんが言った通り、どうせわたしなんて……」

「こら、美雨さん」

先輩が怒ったように言った。

そんな声を聞くのも初めてで、驚きに言葉を失う。

「どうせ、なんて考えなくていい、考えちゃだめだよ。美雨さんの人生は美雨さんの人生だよ。一回きりの人生だよ。お母さんの言う通りにして、自分のやりたいことができなくてもいいの？　諦めるの？」

「……でも、」

やりたいことをやったって、どうせ才能なんてないんだから、無意味だ。

「きっと後悔するよ。今できることを、やれるだけのことを、できるうちに、やっておかないと」

わたしはぐっと唇を噛んだ。

先輩はそう考えて当然だ。やりたいことをやっても許される人だから。才能も情熱も、家族の理解も応援もあるんだから。やりたいことをやっていればきっといつか夢が叶うし、無駄にならないから。

でも、わたしは、たとえやったとしてもどうせただの趣味で終わって、なにも成せないまま、時間を無駄にして終わるだけだ。

「……わたしは、先輩とは、ちがうので」

「なにがちがうの？　好きなことがあって、それをやりたい。同じだよ」

「ちがうんです！」

思わず叫んでしまった。

先輩がはっと目を見開いた。その表情を見ていられなくて、わたしは目を背ける。

雨がばちばちと頬を打った。

「――先輩みたいに恵まれた人には、わたしみたいな人間の気持ちは、一生理解できないと思います……」

呟くように言ってから、わたしは踵を返し、唖然としているお母さんの横を通り抜けて、家に向かって走った。先輩の顔を見る勇気はなかった。

そのときのわたしは、自分のことでいっぱいいっぱいだった。

なんの魅力も取り柄もない自分が嫌で嫌で、純粋に夢を追える先輩が眩しくて、どうにもならない苦しさで胸がいっぱいで、他のことはなにも考えられなかった。

だから、ちっとも気づけなかったのだ。

『できるうちに、やっておかないと』

そう言った先輩の瞳が、いつものきらきらと明るく澄んだものではなく、切なげな色を浮かべていたことに。

＊

あの日から一週間、ずっと雨が続いている。

夏とは思えないくらい冷たい雨がずっと降り続け、ときには雷が鳴るほどの大雨も降った。少し雨が上がっても、空はずっと曇ったまま。しばらくするとまた雨が落ちてくる。今年の夏は、なんだかおかしい。

わたしは後期の講習に行く以外ずっと家にこもったまま、淡々と日々を過ごした。

宿題は全部終わってしまったので、家にある本を手当たり次第に読んでみたけれど、内容はほとんど頭に入ってこなくて、ただ文字を目で追っているだけのような状態だった。

こうやって毎日をやり過ごしていれば、きっと落ち着いていくと思った。

今は暴風雨みたいに荒れ狂っている心も、そのうち小雨程度には静まってくれるだろうと思っていた。小雨くらいなら、なんとか立っていられる。

でも、心はまったく思い通りにはならない。

最後に会ったときの映人先輩の顔が、いつまでも脳裏に貼りついて、どんなどしゃ降りでも剥《は》がれ落ちてくれないのだ。

苦しくてしかたがなかった。こんなに思い通りにならない心なら、もういらない、と思うほどに。

そんなある日、久しぶりに晴れた朝、能天気な音とともにスマホが震えた。

タオルケットにくるまったままのろのろとスマホをつかみ、画面を見た瞬間、どきっと心臓が跳ねた。『高遠映人』という文字が、白く浮かび上がっている。

「え……先輩……？」

メッセージが届いているという表示だった。

いったいどんな言葉をぶつけられてしまうんだろう、とこわくなる。あの別れ際の自分のふるまいを思い返すと、責められてもしかたがないと思った。

意を決して、震える指で、画面にそっと触れる。

『待ってるよ』

短い一言のあとに、また通知音が鳴った。

『美雨さんの雨がやむのを、ずっと待ってる』

――もう会えなくなってもいいの？

引きこもっている間も、あの日の知奈さんの言葉が、何度も何度も耳の中で繰り返し甦ってきた。

そして、好きな人に何度振られても諦められずに、会うたびに告白しているという話。

わたしは臆病で弱虫だから、誰かに告白をしたことはない。

きっと誰だって振られるのは怖い。わたしが映人先輩への気持ちを隠しつづけてきたのも、告白して玉砕するのが怖かったからだ。

だけど知奈さんは、何度だって想いを告げてきたし、きっとこれからもそうするのだろうと思う。なんてすごい人なんだろう。

それなのにわたしは、このままでいいの？

自分の胸に手を当てて、自分の心に問いかける。

忘れられない気持ちを、叶えたい想いを抱えたまま、なんにもしないでうずくまっているだけでいいの？

何度も何度も自問自答した。

そして、何度だって同じ結論に辿り着く。

わたしは、映人先輩が、好きだ。

『わたしなんて足元にも及ばないようなきれいな彼女がいるから』

『わたしみたいななんの取り柄もない人間が、振り向いてもらえるはずはないから』

そんな理由をたくさんつけて、この想いはただの憧れとして胸にしまって、先輩のことは諦めよう、と思った。

そう思ったのに、何度も思ったのに、諦められなかった。

きっと、どう足掻《あが》いたって、わたしの中から先輩への恋心を消し去ることはできない。

このままじゃ、絶対に、一生忘れられない。一生諦められない。

わたしは大きく深呼吸をした。

映研に入部したときから知っていたのに、一度もかける勇気のなかった電話番号を、ぎこちない指で呼び出す。

通話ボタンを押すときは、おかしいくらい震えてしまった。

だけど、知奈さんの顔を思い出して、臆病な自分を叱咤《しった》する。

目を閉じてまた深呼吸してから、意を決してボタンを押した。

二回目のコールで、通話がつながった。思ったよりも早くて、心の準備が間に合わずに、「もしもし」の一言すら出てこない。

『──美雨さん？』

電話の向こうから聞こえてきたのは、少し驚いたような声。

「はい……」

『メッセージ、見てくれた？』

「はい」

『そっか。電話、ありがとう』

「いえ、こちらこそ、メッセージありがとうございました」

ふうっと息を吐いて、また口を開く。

「……この前は、すみませんでした」

『えっ、なにが？』

本当になんのことかわからないというような響きに、思わず笑ってしまった。

「あの、とても失礼なことを言ってしまったので」

『え？　失礼なこと？　なんだろう……。そんなことより、俺のほうこそ、ごめん。美雨さんの気持ちも考えずに言いたい放題に言っちゃって、嫌な思いさせたよね』

「そんな！　嫌なんて……」

見えていないとわかっているのに、首と手をぶんぶん振った。

むしろ先輩の言ったことはどれも正しくて、図星を指されたからこそわたしはあんなみっともない反応をしてしまったのだ。

『本当にごめんね。それに、美雨さんのお母さんにも、失礼なこといっぱい言っちゃった。あのあと大丈夫だった？』

「あ、いえ。ぜんぜん大丈夫です」

『本当に？』

「はい」

『そっか……それならよかった』

「はい……」

わたしは小さく答えて、ひと呼吸おいてから、言わなくてはならないことを口にする。

「……『わたしの恋の命日』は、わたしの話です。……先輩への恋の話です」

え、と電話の向こうで息を呑む音がした。

「ずっと、好きでした」

好き、という言葉を、まさか自分の声にのせる日が来るとは思わなかった。

緊張のあまり、声がどうしても震えてしまう。でも、長い間必死に押し込めてきた気持ちをやっと吐き出せる解放感のようなものも、たしかにあった。

「先輩のことが好きです。ずっと前から……入学する前から……」

『……入学前？』

先輩が不思議そうに訊ね返してきた。電話越しにわたしはうなずく。

「はい。……先輩は覚えてないと思うんですけど、映研に誘われる前に、わたし、先輩と、二回会ってます」

『えっ。いつ？』

「一回目は去年、わたしがまだ中学生だったとき、夏休みの体験入学の日に、道に迷って高校に辿り着けなくて困ってたとき、声をかけてくれて、学校まで案内してくれました」

『………』

「あと、入学式の朝、駅の改札のところで、定期が見つからなくて焦ってるときに、助けてくれました」

電話の向こうの反応は鈍かった。やっぱり覚えていないのだろう。

わたしは、電車でお年寄りに席を譲るだけのことでも、迷惑がられたり嫌な顔をされたりしたらどうしようとか、不快にさせたらどうしようとか気後れして、なかなか声をかけられない。

でも、先輩は困っている人や大変そうな人を見かけたら、迷わずすぐに行動できる人だ。だからわたしとの出会いは、彼にとっては珍しくもないことで、とりたてて記憶にも残っていないのだろう。

わたしはまた深呼吸をして、ゆっくりと噛みしめるようにつづけた。

「……見ず知らずのわたしに、当たり前のように声をかけて、親切に助けてくれて、そんな先輩のことが、大好きになりました」

少しして、小さな答えが返ってきた。

『……ありがとう』

それきり先輩はなにも言わない。

わかっていたけれど、やっぱりだめなんだな、と思い知る。

覚悟を決めていたはずなのに、往生際の悪いことに、心のどこかで少しは期待していたらしい自分に呆れた。

でも、不思議とショックよりも安堵が大きかった。

終わりの見えなかった恋に、自分で区切りをつけることができた。さっぱりした気持ちだった。

ただ気持ちを伝えたかっただけなので返事はいりません、変なこと言ってすみませんでした、じゃあこれで。そう言って通話を終わらせようとしたとき、

『──美雨さん』

先輩が静かにわたしの名前を呼んだ。

はい、と答えると、彼はくすりと笑ってつづけた。

『今日、これから、時間ある？』

「え？　はい……」

腕時計で時間をたしかめると、昼過ぎだった。まだ門限は遠い。

『じゃあ、お願いがひとつあるんだけど』

「はい」

『俺、今、バス停にいるんだ』

先輩が口にしたのは、彼が撮った『バス停』という映画の、あの桜の木の下の停留所の名前だった。

『電車とバス乗り継いで一時間以上かかっちゃうけど、よかったら、会いに来てくれないかな』

あまりに急な展開で、すぐには反応できずにいるわたしに、先輩はさらに重ねて言った。

『来てくれたら、嬉しい』

雨上がりの虹の橋

Ameagari

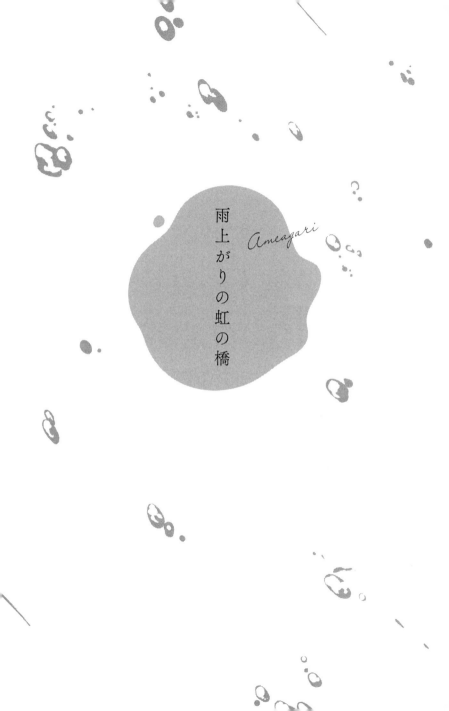

＊

『わたしの恋の命日』は、先輩たちが撮った短編映画『バス停』のイメージを土台にした物語だ。

あの映画がわたしはとてもとても好きで、映研の部室で何度も繰り返し観ていた。映人先輩の作り上げた世界観に、わたしから彼への恋心をテーマとして加えて、バス停で始まりバス停で終わる恋のお話を考えた。

寂れた停留所のベンチでバスを待つ、セーラー服の女子高生と、ブレザーを着た男子高生。毎朝同じバス停から同じバスに乗るけれど、学校がちがうので知り合いではない。ベンチの端と端に、間隔を空けて座っている。

彼女はときどき、ちらりと彼に視線を送るけれど、彼はいつも映画関連の本や雑誌に夢中で、彼女には見向きもしない。

ある日、彼女は手になにかを握りしめてバス停に現れた。今日こそ彼に声をかけようと、手紙を書いてきたのだ。

でも、なかなか勇気が出ないまま、結局バスが来てしまう。

彼がバスに乗り込み、少し置いて彼女も車内に足を踏み入れる。彼はいちばん前の席に、彼女は後方の座席に腰を下ろす。

彼の背中をじっと見つめる彼女の横顔が、バスに運び去られていく。

翌日も、その翌日も、手紙を渡すどころか声をかけることすらできず、時間だけが過ぎていく。

そして冬が終わり、桜が満開になったある日、バス停のベンチには彼女がひとりで座っている。待っても待っても彼は来ない。

バスが来てしまった。そのとき初めて彼女は、彼は同学年でなく、三月で高校を卒業してしまったのだと気づいた。

花吹雪に包まれながら、彼女はバスに乗り込んだ。

『その日、わたしの恋が死んだ』

誰もいないバス停に降り注ぐ桜の花びらを背景に、囁《ささや》く彼女の声が流れる。

それから数年後、大人になった彼女がバス停を訪れた。その手には、小さな花束がある。

彼女はベンチの前に立ち、いつも自分が座っていた場所に花束を供えて、手を合わせた。

それからいつも彼が座っていた場所に腰を下ろして、祈るように目を瞑る。

『今日は、命日だ。わたしの恋の命日。誰にも思い出されることのない、寂しい命日』

閉じた瞼の隙間から、ぽろりと涙がこぼれる。

『だから、せめて、わたしくらいは、今日くらいは、誰にも知られずひっそり死んでしまったあの恋を悼んで、涙を流してあげよう』

＊

バスに乗っている間に、天気が崩れだした。

窓ガラスに細かな水滴が増えていく。たくさんの雨を吸って大きく膨らんだ水滴が、こらえきれなくなったように、すうっと流れ落ちていく。

停留所に着くと、先輩は小雨の降りしきる中、ひとりベンチに座っていた。

「こんにちは、美雨さん」

バスから降りたわたしを見て立ち上がり、いつもの屈託のない笑顔で出迎えてくれた先輩は、傘を持っていないらしく、髪も服も濡れている。

「こんにちは」

と頭を下げながら、わたしは持っていたビニール傘を広げ、先輩に差しかけた。

彼は「ありがとう」と言いつつも、傘の柄を持つわたしの手に軽く指を添え、わたしも中に入れるように傘を傾ける。

ぱたぱたとビニールを打つ雨の音が、わたしたちを取り巻く空間すべてから聞こえてくる。雨音で満たした空気に全身を包まれているみたいだった。

色褪せた水色のベンチに、わたしと先輩は並んで腰かけた。

屋根はあるけれど、古い木板の合わせ目がずれてたくさんの隙間があり、雨漏りがひどかったので傘は差したままにしておく。

「この前は、ごめんなさい」

わたしは改めて謝り、先輩に頭を下げた。すると彼は「いや」と首を振る。

「俺のほうこそ、本当にごめん」

先輩が眉を下げて困ったように笑った。

「自分と重ねちゃってたんだ」

「え……？」

どういう意味ですか、とわたしが訊き返すと、先輩は少し目を伏せる。

「やりたいことがあるなら、できるうちにやっておかないとって。それは自分のことなのに、勝手に美雨さんにも重ねちゃって」

まだ、よくわからない。わたしは首をかしげたまま、彼の言葉に耳を傾ける。

「映画に出てほしいって何回も頼んだのも、美雨さんの気持ちや事情も考えずに、自分本位すぎたなって、反省してる。焦ってたんだ……ごめん」

どこか苦しげな表情と声音に、わたしは目を見張った。

「焦るって……？」

先輩はふっと顔を上げた。

ビニール傘の向こうに広がる夏の桜の枝は、今は花がない代わりに、鮮やかな緑につやめく葉についいた、宝石のように輝く雨の滴に彩られている。それをじっと見つめながら、呟くように、ゆっくりと彼は答えた。

「あとどれだけの時間、この美しい世界を見られるか、わからないから」

「え……」

わたしは息を呑む。

瞬間的に頭に浮かんだのは、もしかして実は先輩は不治の病にかかっていて、余命わずかなのか、ということだった。

そんな考えは、小説の読みすぎだとすぐに思い直す。先輩はどう見ても健康で、顔色もよく、いつも元気いっぱいだし、まさか死んでしまうような病気にかかっているということはないだろう。

でも、つづく先輩の言葉を聞いて、世界にはいろいろな悲しみの形があるのだと思い知る。

「……俺の父方の家系がね、病気で目が見えなくなる人が多いんだ」

予想もしなかった言葉に、心臓が暴れはじめた。

声も出せずに、先輩の横顔をただじっと見つめる。

「遺伝性、進行性の病気。視野が欠けたり狭くなったり、弱視だったり、症状はそれぞれちがう。ただ、ひどい場合は光を感知するくらいしかできないところまで視力が落ちるし、中には完全に失明する人もいる」

先輩は静かに、ゆっくりと言葉を紡いでいく。

嫌な予感がして、うまく呼吸ができない。額に冷や汗が滲む。

「遺伝する病気だけど、もちろん親族全員そうなるってわけじゃない。ただ、……俺の父親が、その病気なんだ」

当たってほしくない予感が、どんどんこちらに近づいてくる気がした。

呼吸が浅くなる。視界が狭くなっていく。膝の上で握りしめた手が震えている。

「父親は二十代で発症して、そこから一気に視力が落ちて……。俺が小さいときはまだ少しは見えてて、それで症状が落ち着けばいいねって言ってたんだけど、どんどん悪化して、今はぼんやり光がわかるくらいだって」

そんな、どうして。

込み上げてきた思いは、口にしたってどうにもならないことだし、当事者ではないわたしが言うべきではないことだ。だからわたしは、その思いがこぼれてしまわないように唇を噛みしめて、黙って先輩の言葉に耳を傾ける。

「同じ病気でも、遺伝の形式がいろいろあるらしいんだけど、うちの場合、五十パーセントの確率で遺伝するタイプなんだって」

先輩は空を仰いだまま目を閉じ、右手で目許を覆った。

その姿に、夏休みの初日に見た先輩の姿が重なる。あのときも彼は、雲の切れた空を見上げて目を覆い、しゃがみ込んでいた。

半分の確率で遺伝する可能性がある、ということは、先輩も発症するかもしれないってこと？　美しいものを誰より早く見つけて、そのたびにきらきらと喜びに輝くこの瞳が、光を失うかもしれないってこと？

自分の中から湧き上がる考えが自分の首を絞める。息が苦しい。

「まあ、今のところは症状はないんだけどね」

先輩はふっと視線をこちらに戻して微笑んだ。

「でも……たまに、光が異様に眩しいように感じたり、夜が暗すぎるように感じたりすると、ね。気のせいかもしれないけど、どきっとする……」

あの日、知奈さんはひどく切羽詰まった様子で、心配そうに映人先輩の顔を覗き込んでいた。

あれはきっと、先輩のお父さんの病気のことを知っていた彼女が、彼のことを心配していたからだったのだ。

それをわたしは勝手に嫉妬して、勝手に部活を休んで、なんて馬鹿なんだろう。映人先輩にも知奈さんにも申し訳なさすぎて、胸が痛いくらいに苦しかった。

先輩が口を閉ざしてしまったので、沈黙が訪れる。その重苦しさに耐えかねて、わたしは「でも」と口を開いた。

「あの……病気の可能性がわかってるなら、早期発見できれば、薬とか手術とか……ちゃんと治せるんですよね」

一縷《いちる》の望みにすがりつくように言うと、先輩はまた困ったように眉を下げた。

「それがね、その病気は今のところ、根本的な治療法とか有効な薬はないんだって」

溺れながらつかもうとした藁《わら》が、幻のように消えてしまった気がした。

でも、きっと部外者のわたしなんかよりずっと、先輩は不安と恐怖を抱えているだろう。

それなのに微笑みすら浮かべながら、彼は話をしてくれている。

「って言っても、進行を遅らせる治療法はいくつかあるらしい。たとえば、うちの父親、遮光眼鏡っていうのを若いときからずっとかけてるんだ。眩しさの原因になる光線をカットして、見えやすくする眼鏡。目の細胞を保護して進行を遅らせるためなんだって。それでも、父親はもう今はほとんど見えなくなってて、遅らせるって言っても限界があるみたいだけど」

「……はい」

無神経なことを言ってしまうのが怖くて、わたしはうなずくことしかできない。

目が見えないって、どんな感じだろう。想像することしかできないけれど、たとえばずっと目を瞑ったまま生活しないといけないとしたら？　きっと座るのも立つのも歩くのも、なにもかも怖い。外に出たりしたら、足がすくんで一歩も動けなくなってしまいそうだ。

そして、本も読めない、テレビも見られない。もちろん、映画を観ることだってできなくなる。

音だけの世界。どんなに綺麗な景色も映像も写真も、二度と見ることができない。先輩は、そうなるかもしれないという恐怖を、ずっと抱えながら生きてきたのだろうか。

「でもね、希望はあるんだ」

想像だけで暗闇の中に突き落とされたような気持ちになっているわたしをよそに、先輩はびっくりするほど明るい声でそう言った。

「治療法はないけど、便利な道具がいろいろある。見えにくいなら拡大鏡とか拡大読書器っていうのを使えばいいし、眩しいなら遮光眼鏡をかければいい」

きっと不安も恐怖も必死に呑み込んで、先輩は笑顔で語りつづける。

「それに、新しい治療法とか薬の研究も進んでるらしいしね。遺伝子治療とか人工の網膜《もうまく》とか……だから何年かしたら治る病気になってるかもしれない」

どうして、と気がついたら呟いていた。

「……どうして、そんなに前向きでいられるんですか」

彼はふふっと笑いを洩らして答える。

透明な雨を映す澄んだ瞳が、いつものようにきらきら輝いている。

「……立ち止まりそうになることも、正直、あるよ」

呟くように小さく言ったあと、先輩は顔を上げて「でも」とつづけた。

光を放つ瞳が、まっすぐにわたしを見る。

「とにかく、落ち込んだり、悩んだり、絶望したりする時間がもったいない、って気がついたんだ。いつどうなるかわからないから、今のうちに見たいものを見て、たくさん見て……隅々まで見ておきたいんだ」

ああ、だからなのか、とやっと気がつく。

先輩がいつも、あんなに愛おしげな眼差しで世界を見つめていたのは。綺麗なものを見つけるたびにあんなに嬉しそうにしていたのは。

そう思うと、切なさに胸が苦しくなる。

どんな気持ちで彼はいつも映画を、世界を見つめていたのか。

なんにも知らずに「好きなものがあるっていいなあ」と呑気に考えていた自分が、いかに浅はかだったか思い知らされた。

「今の俺にとって、どうしようもなく好きなものや大切なものは、いつ奪われるかわからない。そう思ったら、時間が足りなくて足りなくてしょうがないって気持ちになるんだ。だから、不確かな未来について考える時間があったら、映画の一本でも観るか、カメラを回したい。今のうちに、せいいっぱいやる、やれる限りやる、人生を楽しみ尽くす」

先輩が自分の気持ちを確かめるように、ひとつ、深くうなずく。

「……そう決めたんだ。絶対に後悔したくないから」

へへ、と少し照れたような笑いを洩らして、先輩は「と、いうわけで」と口調を改め、わたしを見る。

「美雨さんを見つけたときから、絶対に俺の映画に出てほしい！って思って、懲りずにしつこく誘いつづけたのも、美雨さんとお母さんの話を聞いて黙ってられなくて、偉そうなこと言っちゃったのも、そういう焦りのせいだったんだ。美雨さんにとっては迷惑だし、余計なお世話だったよね……」

ごめんね、と先輩は少し寂しそうな微笑みで言った。

わたしにそんな資格はないとわかっているのに、涙が込み上げてきた。

と同時に、自分に対する激しい後悔も湧き上がってくる。

わたしは、わたしはなんて時間を無駄にしてきたんだろう。

うだうだ考えて、ぐだぐだ悩んで、ぐちぐち文句を言うばかりで、やらない理由を探してばかりで、なんにも行動しないで。本当に愚かだった。

本当は、もっと先輩と一緒にいたかった。せっかく先輩が誘ってくれたんだから、映画にだって出たかった。

でも、この容姿で演技なんてしたら、周りの人たちからどう思われるか、もしお母さんに知られたらなんて言われるか。そう考えると怖くて、拒否しつづけてきた。

いつだって、お母さんの言葉や周りの目ばかり気にして、なにか起こる前から、先回りして諦めてばかりで、自分の本心に蓋をして。

そうやって、貴重な時間を無駄にしつづけてきた。

「でも、美雨さんに嫌な思いをさせたいわけじゃないから、もう諦めるよ」

諦める、なんて言葉、先輩には似合わない。

そんな言葉を言わせてしまったのは、わたしだ。

「……わたしよりも」

先輩が「ん?」と首をかしげる。

「わたしよりずっとずっと綺麗な子がたくさんいるのに……」

前も彼に同じことを言った。あのときは笑みを貼りつけて冗談ぽく言ったけれど、今日はもうごまかしたりしない。

ふう、と息をついて、わたしはつづける。コンプレックスが強すぎて誰にも言えなかった言葉を、初めて自分の中から吐き出す。

「わたしなんて髪は茶色くてうねうねだし、そばかすだらけだし、目も奥二重だし細くて小さいし、背ばっかりひょろ長いし、性格も暗いし卑屈だし……」

声が震えるけれど、ゆっくり、はっきりと口に出した。すると。

「え？　そんなのまったく関係ないよ」

先輩は驚いたように目を丸くして言った。

それから柔らかく表情を崩す。

「俺が撮りたいのは、美雨さんなんだから」

え、と声が出てしまった。彼は小さく笑ってつづける。

「それぞれの映画に、それぞれの世界観に合った、その映画のイメージに合う人が必要なんだ。綺麗なら誰でもいいわけじゃない」

先輩はいつものように、光を集めたように明るい瞳で、痛いくらいにまっすぐな眼差しでわたしを見つめて言った。

「前も言ったでしょう。世界中の映画が全部、ストレートの黒髪で小柄で二重の、明るくて天真爛漫な女の子しか出てこなかったら、ぜんぜん面白くないと思わない？世の中のみんなが同じ服を着て同じメイクで同じ髪型をしてたら、そんな世界つまらないよ。いろんな容姿や性格の人がいて、いろんな考え方があって、だからこそ映画も世界も面白いんだよ」

先輩の言葉は、不思議と信じられる。綺麗事でもなんでもなく、彼の心からの言葉だと、その表情や声色や仕草のすべてから伝わってくるから。

「たったひとつの理想像と自分を比べて、自分を卑下する必要なんて、まったくない。美雨さんには美雨さんの、他の誰も持ってない特別な魅力があるんだから」

「……はい」

正直なところ、やっぱり自分自身に魅力があるなんて、今でもちっとも思えない。

でも、他ならぬ映人先輩が言うことなら。

「そして、俺が撮りたいイメージに、美雨さんほどぴったりな人はいないんだ」

どんな顔をすればいいのかわからなくて、戸惑いを抱えたまま、なんとなく空を見上げる。

雲が少し明るく澄んでいた。そういえば、傘を打つ雨の音が弱くなってきている。もうじき雨も止むかもしれない。

ふと視線を感じてとなりに目を向けると、先輩が「その横顔」とやけに嬉しそうに言った。

「いつも延々となにか答えのないような考えごとをしてて、いつもどこか憂鬱そうで、不満げで、気だるげで、アンニュイな雰囲気」

「……先輩、わたしのことそんなふうに思ってたんですか？」

思わず訊ねると、彼は「褒めてるんだよ」とからから笑った。

「あの日、渡り廊下で、君の横顔を見て、『この子だ！』って直感した。ちょっと唇を尖らせてて、雨の空を睨むように見上げてて、この世界は気に入らないことだらけ、っていう顔。最高によかった」

「わたし、そんな顔してました……？」

「わりといつも。それが、すごくすごく、俺にとっては魅力的なんだ」

「え……」

普段は、嫌な子だと思われないように、なるべく常に笑顔を浮かべるようにしていた。でもあのときは、誰にも見られていないと思っていたから、完全に油断していたと思う。

周りに見せる作りものの顔とはちがう、素のわたしの顔。誰にも見られたくなかった秘密の顔。

でも、先輩はそれを、魅力的だと言ってくれた。

彼の目には、わたしがどんなふうに見えているのだろう。

「なんの悩み事もないみたいに、明るく屈託なく笑う顔もいいと思うけど、ただ、それは、俺が撮りたいものではないんだ。そういうのは、そういうのが好きな人が撮るから、俺はいい。俺は俺の撮りたいものを撮る。それが、『俺にしか撮れないもの』だと思うから。俺が撮りたいのは、美雨さんの憂鬱そうな横顔だ」

先輩はいつも、迷いのない瞳で語る。

「美雨さんじゃなきゃだめなんだ」

こんな言葉をもらったのは初めてだった。しかも、他の誰にもない、透明で強烈な輝きを放つ先輩から言ってもらえるなんて。

わたしはなんて幸運なんだろう。

気がついたら、頬が、雨のせいではなく濡れていた。

「泣くことないのに」

先輩の言葉に、はい、と答えながらも、涙が勝手にあふれてきて止まらない。

「おーい、美雨さーん」

ふと先輩の手が頭に伸びてきて、髪をかき乱すようにくしゃくしゃと撫でられた。

驚きで肩が震える。胸がぎゅうっと痛む。

こんなふうにされたら、また勘ちがいしてしまう。

「……思わせぶりなことするの、やめてください」

ふうっと息をついて、あまり深刻な空気にはならないように気をつけながら、軽い口調で呟く。

すると先輩が「え?」とびっくりしたように目を丸くした。

それから真剣な顔をして、確かめるようにゆっくりと言う。

「……思わせぶりのつもりは、ないんだけど」

今度はわたしが「え?」と目を剥く番だった。

口をぱくぱくさせて空気を求める。

「俺にとっては、『君を撮りたい』っていう言葉は、最上級の愛の告白だよ」

そう言った先輩の頬が、じわりと赤くなる。でもきっとわたしはその千倍くらい真っ赤な顔をしているだろう。

愛、という言葉を、こんなにまっすぐに口にできる人に初めて会った。

やっぱり好きだ、と思ったのは、もう何回目だろう。

きっとわたしはこれからも、彼の素敵なところを見つけるたびに、やっぱり好きだ、と何度も何度も思うのだろう。そんな予感がした。

そのとき先輩が、なにかを思い出したように「あ」と声を上げた。

「そういえば、もうひとつ、美雨さんに伝えておかなきゃいけないことがあったんだ」

「……？」

わたしは首をかしげて彼の言葉を待つ。

「さっき美雨さんが電話で、俺たちは前に会ったことがあった、って教えてくれたでしょう」

「あ……はい」

うなずきながら、焦りを感じる。もしかして彼は、「覚えてなくてごめん」と謝ってくれるつもりなのだろうか、と思った。

わたしはただ、自分がいつから先輩のことを好きだったかを伝えたかっただけで、彼がわたしとの出会いを忘れていることを責めるつもりなんて、ちっともなかった。あんなちっぽけな出来事、覚えていなくてもしかたがない。

それなのに謝らせてしまうことになったら申し訳ないと慌てて、先に「大丈夫です」と断ってしまおうとしたけれど、その前に先輩が微笑んで口を開いた。

「雨、降ってなかった？」

すぐには理解が追いつかなくて、わたしはぽかんと先輩を見つめる。

「体験入学のときも、入学式のときも、雨が降ってたよね」

「あ、はい……」

わたしがこくりとうなずくと、彼は「やっぱり」と顔を綻ばせた。

「雨の中で出会った女の子のこと、覚えてるよ」

わたしは声を失くして、目を見開いた。

「雨の道端でしゃがみ込んでた女の子のことも、駅で探し物が見つからなくて焦ってた女の子のことも、ちゃんと覚えてた」

「え……っ、でも……じゃあ……」

それならどうして、映研に誘ってくれたあの日、「はじめまして」と言ったのだろう。

わたしの疑問を察してくれたのか、先輩は眉を下げて笑い、

「美雨さんがあの子だったこと、すぐに気づけなくてごめんね」

と少し首をかしげて言った。

「俺、すごく目が悪いんだ」

はっとしたわたしに、彼が「あ、ちがうちがう」と軽く手を振る。

「さっき話した家系の病気とは関係なくて、ただの近眼だよ」

わたしはほっとして「はい」とうなずいた。

「それでね、コンタクトをしてるんだけど、たまに夜中まで映画観てたりすると、朝

起きたときに目の調子が悪くて、コンタクトがうまく入れられないことがあるんだ」

先輩が照れたように肩をすくめて笑う。

「それで、美雨さんに会った日はどっちも、たまたまコンタクト使えなかった日で」

「あ……じゃあ、あんまり見えてなかったんですか」

「そうそう。裸眼だとぼんやりしか見えなくて、よっぽど近づかないと顔立ちはわからないんだ。だから、雨の中で出会った女の子も、髪型くらいしか見えてなくて」

その言葉でわたしも気がつく。

「あ、わたし、髪、結んでたから……」

中学のときは校則で髪を垂らしてはいけなかったし、入学式も『清潔感のある髪型で』とプリントに書かれていた。それに髪がまだ今ほど伸びていなかったので、短ければ短いほどひどくなる癖っ毛は結ばないと大変なことになるというのもあった。だから、先輩と出会った日はどちらも、わたしは髪をひとつ結びにしていたのだ。

五月ごろからはずっと髪は背中に流しているので、あのころとはまったくちがうシルエットになっている。目が悪くて顔が見えていなかったのなら、同一人物だとわからなくてもしかたがないだろう。

先輩は「やっぱり。結んでたよね」と笑った。

「それで、髪型がちがうから気づけなかったんだ、ごめん。声がちょっと似てる気がするなと思ってたんだけど、もしちがったらあれだから、訊くに訊けなくて」

わたしは、はい、とうなずいた。

あのときのわたしはひどく緊張していて、ほとんど先輩としゃべれなかったし、たまに声を出してもぼそぼそと話すだけだったから、すごく聞き取りづらかったと思う。そんなに特徴的な声でもないし、気づかなくてもおかしくない。

「でも、美雨さんが電話で教えてくれたから、やっとつながったよ」

「そうだったんですね……」

先輩はわたしのことなんてすっかり忘れていると思っていた。興味がないから気づかないのだと思っていた。

でも、ちがった。わたしの思い込みだったのだ。

勇気を出して話してみれば、もっと早く気づいてもらえただろうに、勝手に決めつけて諦めていたから、こんなに時間がかかってしまった。

「……覚えててくれて、嬉しいです。ありがとうございます」

頭を下げて言うと、先輩はあははと笑った。

「こちらこそ。俺のこと覚えててくれてありがとう」

「いえ……」

覚えているどころか、一生忘れられないくらいに心の奥底まで深く刻みつけられている記憶だ。

だって、恋に落ちた瞬間なのだから。

先輩が少し口調を改めて、「美雨さん」とわたしを呼んだ。優しい眼差しと、柔らかい声。

はい、と答えると、彼はふわりと微笑んだ。

「初めて会ったときから、なんだかとても心惹かれる不思議な空気をまとった子だな、気になるなって思ってたよ」

「えっ、うそ……」

思わずそう言ったわたしに、彼は「本当だよ。顔は見えてなかったけど」とおかしそうに笑う。

「あの子にまた会えたらいいなと思ってた。そして、あの朝、渡り廊下で美雨さんを見かけて……ちゃんと見える目で見て、なんて素敵な雰囲気をもった子だろう、こんな子はどこにもいないって、どうしようもないくらい強く惹かれたんだ」

どきどきと胸が高鳴る。

うそみたい。夢みたい。何度も心の中で叫んだ。ふわふわの雲の上を歩いているような気持ちだった。

ふたり傘の中、見つめ合う。

世界に先輩とわたししかいないような、幸せな幻覚。

「美雨さん、俺の映画に出てください」

空が明るくなる。雨が上がる。

「俺に君を撮らせてほしい」

はい、と答えたつもりだけれど、声にならなかった。

何度かゆっくりと深呼吸をして、落ち着いてから答える。

「わたしのほうこそ……撮ってほしいです。撮ってください」

先輩が「もちろん」とにっこり笑った。

彼は傘を閉じて畳み、ベンチの端に立てかける。そして、鞄からカメラを取り出し、カバーを外してこちらに向けた。

レンズには、わたしが映っている。

湿気を吸って膨らんだ、まとまりなくうねる赤茶けた髪。そばかすまみれの肌。女の子らしい丸さや柔らかさとは無縁な、細長くて硬そうな身体。

コンプレックスの塊が、レンズに映っている。

でも。

「――すごく綺麗だ」

先輩は、小さなため息をついて、ひとりごとのように言った。

夏の桜の葉、色褪せたベンチ、バス停の標識、ビニール傘、ローファーのつま先。

あちこちに雨の滴がついている。そのひとつひとつが光を放つ。

「こんなに魅力的な女の子は、他にいない」

先輩の言葉が胸に染み込んで、奥底でじわじわと熱を持ちはじめた。

「きっと最高の映画になるよ」

雨上がりの世界の真ん中でレンズに映るわたしは、どこか居心地の悪そうな表情をしていた。

「ああ、俺の目に映る世界でいちばん綺麗な君を、君に見せたいな……」

先輩は目を輝かせ、一点の曇りもなく希望に満ちた言葉をくれる。

だから、信じられる。

先輩の目には、本当に、美しいものとして映っているのだと。

ふと目をやると、空に虹が出ていた。わ、と声を上げると、先輩が子どもみたいなきらきらした顔で笑い、カメラを向けた。

大きな虹だった。空の端から端まで伸びて、雨に濡れた世界を優しく包み込んでいる。

雨上がりの景色は、なんて明るく清らかで美しいのだろう。

雨に洗われたすべてが、新しく生まれた太陽の光に白く照らし出されて明るく輝き、雨に洗われて清らかな光を放つ。
ため息が出るほど、美しかった。

君が映す雨なら

Kimigautsusu

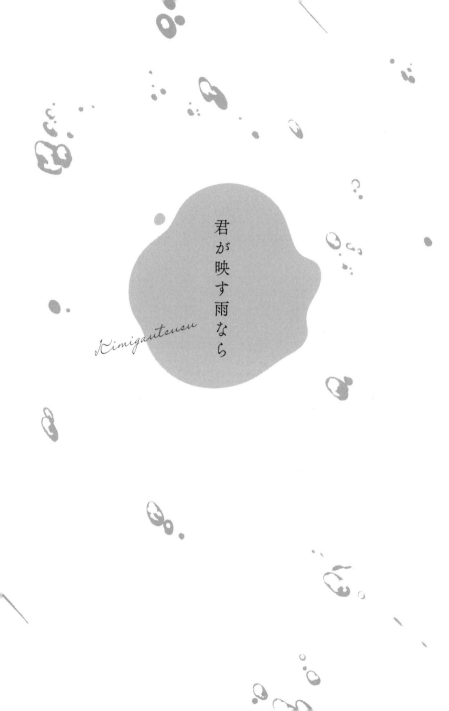

＊

「ほんっとーに、ごめん!!」

永莉が深く頭を下げながら両手を合わせ、真剣に謝ってくる。

わたしは「もういいってば」と笑いながら手を振った。それでも彼女はまだ申し訳なさそうに「ごめんね」と繰り返す。

「永莉が謝ることないよ。悪気があったわけでもないのに」

「でも、わたしが『あのふたりやっぱり付き合ってるみたい』とか言っちゃったせいで、美雨はすごく悲しい思いしたでしょ」

「だから、永莉のせいじゃないってば」

夏休みが明けて、二学期に入った。

永莉と久しぶりのおしゃべりに花を咲かせて、わたしは話のついでに「映人先輩と知奈さん、いとこ同士なんだって」と告げた。すると彼女は、「えっ、うそ!?」と顔《がん》面蒼白《めんそうはく》になった。そして「先輩に確かめてくる!」と大急ぎで教室を出ていって、しばらくして戻ってくると、泣きそうな顔で「ごめん!」と謝りはじめたのだ。

彼女の言う先輩というのは、テニス部の先輩のことだ。一学期のはじめ、わたしのひそかな片想いに気づいた永莉は、部活の先輩に、映人先輩と知奈さんの関係を訊いてきてくれた。そのときは残念そうに『やっぱり付き合ってるんだって』と言っていたのだけれど。

「その先輩は、去年も今年もクラスがちがうから、高遠先輩たちがいとこ同士って知らなかったみたいで。わたしが『あのふたりって付き合ってるんですか？』って訊いたから、『一年のときからずっといつも一緒にいるし仲いいし、あれは付き合ってるでしょ、そうとしか見えない』っていうつもりで言ってたみたい。完っ全にわたしの早とちり……」

しょぼん、という効果音をつけたくなるような表情で、永莉が肩を落とす。

「わたしが勘ちがいして、いかにも確実な情報みたいな顔して『付き合ってる』なんて言っちゃったせいで、美雨にずーっとつらい思いさせちゃって……本当にごめんね」

「そんなことないって」

わたしは眉を下げて笑う。

「だって永莉はわたしのために、わざわざ先輩に話聞いてくれたんだから。むしろ感謝しかないよ」

彼女は、映人先輩と知奈さんが親しげにしている姿を見て「やっぱり付き合ってるのかな？」と気を揉んでいたわたしのために行動してくれたのだ。感謝することはあっても、謝罪してほしいなんてこれっぽっちも思わない。

きっと永莉がいなかったら、わたしはいつまでも「付き合っているのかいないのか、どうなんだろう」と延々と悩んで、うじうじしていただろう。

「もう誤解はとけたし、結果オーライだよ。終わりよければすべてよしって言うじゃん」

わたしがそう言って笑うと、永莉は少し潤んだ瞳でうなずいた。

「……美雨、なんか、変わったね」

唐突な言葉に、「えっ」とわたしは目を丸くする。

「明るくなったっていうか、ポジティブになったっていうか」

「そう、かな？」

自覚はないけれど、もしも永莉の言うことが当たっているとしたら、もちろん先輩の影響だろう。彼の明るさや前向きな考え方が、わたしを少しずつ変えてくれているのだと思う。

先輩の顔を思い浮かべたせいだろうか。無意識のうちに頬が緩んでしまった。

そんなわたしをじっと見つめていた永莉が、

「……ちょっと待って」

とつぶやいて、大きく目を見開いた。

「さっき、美雨、結果オーライって言った？」

「え？　うん」

「終わりよければばって言った？」

「うん……」

「それって、つまり、いい結果になったっていうこと？」

永莉の目がらんらんと輝いている。

やっと彼女の言わんとするところを理解して、わたしの顔はかっと熱くなった。

「高遠先輩と、いい感じになったってことだよね？　ね？」

「えっ、あっ、う……」

うまく言葉が出てこない。

でも、ずっとわたしの気持ちを応援してくれていた永莉には、ちゃんと説明しないといけない。

「……いい感じって言えるかは、わからないけど。夏休みの間に、いろいろあって、それで、とりあえずわたしの気持ちは伝えられたっていうか……」

「おおっ、すごいじゃん！」

永莉はまるで自分のことのように嬉しそうに笑って、ぱちぱちと拍手をしてくれる。

「がんばったね、美雨！」

「うん……ありがとう」

がんばって伝えたというよりは、やけくそになって伝えたという感じだったけれど、でも、伝えられたことには変わりない。

「それで、それで？　そのあとどうなったの？　返事はもらえた？　先輩はなんて？」

永莉が高揚を抑えきれないように矢継ぎ早に訊ねてくる。

わたしは恥ずかしさのあまり少し顔を背けて、

「ええと……返事っていうか……その」

やっぱりうまく言葉は出てこなかったけれど、きっとわたしの表情から察してくれたのだろう。永莉の顔がぱっと輝いた。

「わーっ、美雨、おめでとう!!」

わたしは慌てて「いやっ」と彼女の顔の前に手をやる。

「あの、ありがとう、でも、付き合うことになったとかじゃないから……」

「えっ、そうなの？」

「うん。そういう話には、まだ……」

「『まだ』……」

永莉がもう一度、確かめるように「まだ」と言い、それからふふっと笑った。

「まだってことは、これからってこと？」

「……や、わかんないけど……」

まだと言ってしまった自分が恥ずかしくなる。まるで先輩と付き合えることを期待して待ち望んでいるみたいだ。

あの日、バス停で話をしたあと、わたしたちは文化祭で上映する映画の撮影を急ピッチで進めた。脚本の完成が遅れてしまったから時間の余裕はまったくなくて、本当に慌ただしかったのだ。夏休みの残りはずっと映画の制作をしていた。最後のほうは、先輩は映像編集用のパソコンの画面とにらめっこをしながら、ああでもないこうでもないと頭を悩ませていて、あまり会話もできていない。

だから、たしかに先輩から『最上級の愛の告白』という言葉はもらえたけれど、それ以降なにか進展があったというわけではない。先輩がどういうつもりでいるのかも、わたしにはわからない。

「そっかあ……」

永莉が机に頬杖をついて、少し考え込むような顔をしたあと、

「……叶うといいね」

なにが、とは彼女は言わなかったけれど、わたしは「うん」と小さくうなずいた。

きっと今までのわたしなら、「わたしなんて……」とか、「無理だよ」とか、否定の言葉ばかり口にしていたと思う。

でも、わたしは決めたのだ。

もう自分の心に蓋をするのはやめる。正直な気持ちに、ちゃんと向き合う。恋愛も、それ以外のことも。

心の声に耳を塞いだりしない。

自分の心が望むものを、勝手に葬り去ったりしない。

心の命日を、勝手に決めたりしない。

ちゃんと望むままに動いてから、まっすぐに見つめて、見極めるのだ。

*

「お母さん」

リビングでアイロンがけをしているお母さんの背中に、そっと声をかける。

「ちょっと話してもいい？」

お母さんが手を動かしたままちらりとこちらを見て、「なに？」と硬い声で答えた。

先輩と一緒にいるところをお母さんに目撃されて、脚本を担当していることがばれて叱られたあの日から、わたしとお母さんはずっとぎこちないままだった。

お母さんは昔から、一度火がつくとなかなか怒りがおさまらず、ずっと不機嫌を引きずる。そういうときは放っておくに限る、というのがこの十六年で身につけた対処法だった。

夏休み中はわたしも忙しかったので、あまり顔を合わせる時間がなかったこともあり、気まずい状態のままになっていた。

でも、今日はどうしても、話さないといけないことがある。

「あのね、今週末、文化祭があるんだけど」

「……みたいね」

お母さんが小さくつぶやく。

「それで、映画研究部は、視聴覚室で、自主制作映画の上映会をするんだけど」

アイロンを置き、皺ひとつなくなったブラウスをぴっちりとハンガーにかけながら、お母さんはかすかにうなずいた。

「わたしたちが作った映画、観に来てほしいの」

お母さんはアイロンのスイッチを切って、わたしに目を向けた。無表情で、感情が読み取れない。

「……お母さんに、映画を観に来いってこと？」

「うん」

こわいけれど、わたしはまっすぐに見つめ返して、はっきりと言う。

「わたしが書いた脚本で、主演もわたしだよ」

お母さんの目が大きく見開かれた。とても驚いているとわかる。

「主演？　美雨が？」

「そう」

「美雨が映画に出たの？　主役として演技したの？」

「そうだよ」

「よくそんなことできたわね。どういう風の吹き回し？」

それは、どういう意味だろう。そんな容姿でどうして主役なんか引き受けられたんだ、ということか。

もうすっかり癖になっている卑屈な深読みをして、逃げたくなってしまうけれど、それだと今までと変わらないから、無理やり頭から追い払う。

すると、お母さんが少し笑って言った。

「あなた、幼稚園のお遊戯会、目立つ役は嫌って言って大泣きしてたのに」

「え……」

その瞬間、昔の思い出が甦ってきた。

わたしは小さいころから引っ込み思案で、人前でなにかをするのが苦手だった。それなのに年長のときのお遊戯会で、なぜか主役三人のうちのひとりに選ばれてしまった。たくさんの人が見ている中で、ちゃんと台詞もダンスも覚えて、間違えないように披露しないといけないというのが、すごくプレッシャーだった。家に帰って泣きながら「嫌だ」とお母さんに訴えたような記憶が、うっすら残っている。

でも、翌日、先生が「役を交代しよう」と言って、はきはきとしゃべる明るい女の子と交代することになったのだ。

あのときはただラッキーだと思ったけれど、今になって考えてみれば。

「あれって、もしかして、お母さんが先生に掛け合ってくれて、役を代われたの？」

わたしの問いに、お母さんは懐かしそうな顔をして、

「……そんなこともあったわね」

と小さく呟いた。

「あんなに引っ込み思案で大人しかった子が、自分から映画の主役をやるなんて……変わるものね」

なんだか胸が詰まってうまく声を出せなくて、わたしは黙ってうなずいた。

「仕事の都合がつきそうだったら、観に行くわ」

ありがとう、とかすれた声で告げて、自分の部屋に戻る。

お母さんとこんな話をしたのは初めてだな、とベッドに寝転がりながら思った。

お母さんにはたくさん叱られたし、嫌なこともたくさん言われた。いつまで経っても忘れられない言葉もぶつけられた。正直、すごくきらいだと思う瞬間もある。

でも、お母さんがわたしのためにしてきてくれたことも、ちゃんと気づかないといけないし、忘れてはいけないなと思う。

夏期講習を勝手に申し込んだのはすごく腹が立ったけれど、たぶん、わたしの進路を心配してのことだ。高いお金を払って、わざわざ申し込みをしてくれた。

小学生のとき、八重歯を見せて笑うことを「みっともない」と言ったのも、もしかしたら、わたしが他の人から馬鹿にされないように指摘してくれたのかもしれない。

それにしたって、やり方や言い方ってものがあるでしょ、とは思うけれど。

いつか、そういう思いを、ちゃんと口にできる関係になれたらいいな、と思う。

たとえ家族だろうと親子だろうと、それぞれちがう人間だ。お母さんもひとりの人間で、だからお母さんにはお母さんなりの、わたしとはちがう考え方や生き方がある。いくら血がつながっているとはいえ、別々の人間なんだから、わたしとお母さんはちがって当然だ。

だからこそ、今までのわたしのようになにも言わずに黙ったまま、ただただ向こうから理解してもらおうと甘えるのではなく、『そういう言い方をされると傷つく』、『そういうやり方はやめてほしい』、『お母さんはああしろと言うけれど、わたしはこうしたい』と、自分の気持ちや考えは自分の言葉で伝えていかないといけないのだろう。

きっとすぐにはそんなにうまくいかないけれど、少しずつでも、ちゃんと口に出せるようになりたい。

＊

渡り廊下に差しかかると、いつも自然と足が止まる。

廊下いっぱいに広がる窓から、夏の名残の陽光が射し込んで、足下の床を白く照らし出している。

渡り廊下は、先輩がわたしを見つけてくれた大切な場所だった。

本当はその前に二度会っているけれど、わたしたちが本当の意味で出会ったのはここだと思う。ここがはじまりだ。わたしの人生が変わりはじめた場所。

窓の外には、明るい晴れ空が広がっていた。雲ひとつない青空。

透き通った日射しを浴びながら、澄んだ空の青をぼんやりと眺めていたわたしは、しばらくしてはっと我に返った。視聴覚室に向かう途中だったのを思い出した。慌てて歩き出したわたしの周囲は、たくさんの人であふれ返っている。生徒や先生の他にも、生徒の親やきょうだい、祖父母もちらほら見かけた。

今日は文化祭。そして、これから、映研の上映会だ。

「こんにちは」

予定の開始時刻の三十分前に、わたしは視聴覚室のドアを開けた。先輩からこの時間に来るようにと連絡をもらっていたのだ。

すでに遮光カーテンが下ろされていて、照明も落としてあり、室内は薄暗い。そのなかにずらりと並んだ机と椅子。

どこに座ればいいかわからなくて、わたしは教室の後方の出入口で足を止めた。すると、

「美雨ちゃん！　おいでおいで、ここ座って」

最前列の真ん中に腰かけた知奈さんが、振り向いて手招きをしている。

「ありがとうございます」

ぱたぱたと前まで走り、彼女のとなりに腰を下ろした。

右側に目を向ける。映人先輩がパソコンを操作していた。上映の準備をしているの

だろう。集中している様子なので、声はかけない。

視線を前に向けると、真っ白なスクリーンが天井から下りていた。プロジェクターから飛び出した青白い光に照らし出されている。

今からここに、わたしたちの映画が映し出される。

どんな映画になったんだろう。わたしはまだ、完成したものを観ていなかった。先輩が「当日のお楽しみにとっておいて」と言ったからだ。

わたしが関わったのは撮影までで、そこから先の映像チェックや編集には携わっていない。だから、どんな映像になったのかも知らないのだ。

そして今日、今から、一般公開のお客さんが入る前に部員だけの試写会が行われ、わたしと知奈さんは初めて映画を観ることになる。

「楽しみだね」

彼女の囁きに、わたしは「はい」とうなずいた。

「よし、準備できた」

先輩がそう言って、ぱっと顔を上げた。

「あ、美雨さん、来たんだね」

初めてわたしに気がついたようにそう言う。すごい集中力だな、と思うと自然に頬が緩んだ。

「はい、来ました。こんにちは」

「こんにちは。……観る？」

先輩は、少しいたずらっぽい笑みを浮かべて、わたしに訊ねてくる。わたしは「はい！」と大きくうなずいた。

早く観たい、という気持ちと、どんなふうに映っているんだろう、という不安が、心の中で同居している。

「じゃあ、行きます」

先輩がマウスを動かし、かちりとクリックした。

プロジェクターから出る光の色が変わる。真っ白な光がスクリーンを照らし出す。空気中をふわふわと漂う細かい塵が、ダイヤモンドダストみたいに青白く輝いた。

『わたしの恋の命日』

真っ白な背景の中に、見慣れた文字列が浮かび上がってきた。どきりと胸が高鳴る。

自分の考えたタイトルが、スクリーンに映っている。言葉にできない気持ちだった。

ゆっくりと背景に色がつきはじめ、カラフルな花束がアップで映し出される。カメラが引いていき、小雨の中で花束を抱えて、どんよりと曇った空を仰ぎ見る女の子の全身が映る。真っ白なワンピースの裾を風に踊らせている。
わたしだ。本当にわたしが映っている。
たしかにカメラの前で演技をしたのに、それでもやっぱり、実際に映像になってい
るのを見ると、まるで自分ではないような気がした。
だからだろうか。いつも鏡に映った自分を見るときに感じる思いとは違う、他人を
見ているような客観的な視点に立てる。
虚ろに空を見つめる瞳と、少し尖った薄い唇、雨に濡れてこめかみや肩に貼りつく
うねった髪。頬に浮かぶそばかす。
演技なんてほとんど初めてだし、先輩が『無理に演じようとしなくていい、そのま
まの美雨さんでカメラの前に立てばいい』と言ってくれたから、撮影したときわたし
は、本当になにも考えずに、ただ花束を抱えてぼうっと空を見ていただけだった。
その姿を今こうやって見てみると、たしかにいつか先輩が言ったように、雨に打た
れながらぼんやりと景色を眺めるというシーンの、どことなく疲れたような憂鬱な空
気感に、わたしのコンプレックスのもとになっている眠たげな腫れぼったい目や、ぼ
さぼさの髪、頬に散ったそばかすが、なんとなく合っている気がする。
もしもこれが、ぱっちりとした大きな瞳や、綺麗なストレートの黒髪や、しみひと
つない美しい肌の女の子だったら、このシーンはまったくちがう雰囲気になってしま

いそうだった。たとえば、ピュアできらきらした青春恋愛物語みたいな雰囲気に。それはそれで素敵だけれど、でもそれは先輩が撮りたいものでも、わたしがこの脚本で表現したかったものでもない。

回想がはじまる。古びたバス停、ベンチに座る男女――わたしと先輩。ずっととなりの彼が気になっているのに、想いを告げることも、声をかけることすらできないまま、淡々と過ぎていく日々。

そして満開の桜の下、ひとりになったわたし。

ただ呆然としたように、降り出した雨に煙る景色を眺めている。

カメラのレンズも雨に打たれて、透き通って光る水滴がつく。ときどき川のように流れていく。

やがて雨粒に覆われた世界は透明に歪んで、なにも見えなくなった。

『その日、わたしの恋は死んだ』

わたしの声のナレーションが入る。なんだか自分の声ではないように聞こえて、むずがゆい。

そして、数年後。真っ白なワンピースを着て、バス停に現れたわたし。花束をベンチに置き、目を閉じて手を合わせる。

いつも先輩が座っていた場所に腰を下ろして、ぼんやりと空を仰ぐ。

ここまでは、わたしが書いた脚本通り。でも、実際に撮影したとき、想定外のことが起こった。そのときの驚きを思い出して、思わず口許が緩む。

突然、画面の端から、ビニール傘を差した先輩が現れた。

ゆっくりとわたしに歩み寄り、ベンチに置かれていた花束を手にとる。

わたしはぽかんと先輩を見上げていた。もちろん、演技ではない。素の反応だ。本当にびっくりして、唖然としていたのだ。

先輩が小さく笑って、傘をわたしに差しかける。そして、花束を大切そうに抱えて、「ありがとう」と言った。

わたしはゆっくりと立ち上がり、ビニール傘の下で先輩と肩を寄せ合い、雨の向こうへと姿を消した。

再び空っぽになったベンチに、雨と桜の花びらと降り注いでいる。

スクリーンの右下に、『おわり』と小さく文字が浮かんだ。

エンドロールが流れる。背景は、雨上がりの空。雨に濡れた景色を包み込む虹。

雨上がりの世界は、不思議なことに、まっさらな晴れの日よりも、ずっと明るく感じる。雨のせいで暗かったからだろうか。

人間も同じなのかな、とふいに思った。

つらいことや悲しいことを乗り越えた人は、よりいっそう明るく感じるのかもしれない。たとえば先輩のように。

「――ありがとうございます」

気がついたら、そうつぶやいていた。

わたしを何度も助けてくれて、ありがとうございます。

わたしを見つけてくれて、ありがとうございます。

わたしを映研に誘ってくれて、ありがとうございます。

脚本に挑戦させてくれて、ありがとうございます。

一歩踏み出す勇気をくれて、ありがとうございます。

雨の美しさを教えてくれて、ありがとうございます。

その目に映る、わたしの知らないわたしを見せてくれて、ありがとうございます。

花束を受け取ってくれて、ありがとうございます。

たくさんの感謝がつまったひと言だった。

先輩がわたしの前にやってきて、顔を覗き込むように首をかしげ、そして微笑んだ。

「どういたしまして」

すうっと先輩の手が伸びてくる。どきどきしたけれど、深呼吸して勇気を振り絞り、わたしも手を伸ばした。

先輩がそっとわたしの手を握り、

「こちらこそ、ありがとう」

と囁いてくれる。わたしは黙ってうなずき、その手を握り返した。

たぶん、先輩の「ありがとう」にも、たくさんの意味が詰まっている気がする。

「おめでとう、美雨ちゃん、映人」

知奈さんが小さく手を叩いてそう言ってくれた。きっとこの「おめでとう」にも、いくつも意味がある。

「あ、そろそろ時間だね」

先輩がうしろを見て言ったので振り向くと、すでに何人かのお客さんが入っていた。

隅っこでこちらを見ているお母さんを発見して、思わず手を振ると、お母さんも少し恥ずかしそうな顔をして、でも手を振り返してくれた。

「美雨さん」

先輩の声に、視線を戻す。

わたしの大好きな、太陽みたいに輝く笑顔と、湧き水みたいに澄んだ眼差しが、わたしを包んだ。

「これからも、よろしくね」

わたしはこくりとうなずく。

「はい。よろしくお願いします」

さあ、これからだ。

なにもかも、これから。

わたしの人生は、ここからはじまる。

後悔のないように、全力で生きるのだ。


雨はきらいだった。

湿気で髪がまとまらないし、なにもかもじめじめするし、雨が降るといつも憂鬱だった。

でも、先輩と見る雨は、先輩が撮る雨は、先輩の目を通して見る雨は、大好きだ。

先輩の目が映したものなら、きっとなんだって美しい。

だって先輩は、この世界を心から、切実に愛おしんでいるから。

その理由を思うと、とても切なくなるけれど。でも、今は考えない。

雨上がりの世界のように明るい未来だけを、見つめていよう。


【完】

あとがき

このたびは、数ある書籍の中から『雨上がり、君が映す空はきっと美しい』を手にとってくださり、まことにありがとうございます。

本作の主人公の美雨は、自分のすべてに自信が持てない、コンプレックスの塊のような女の子です。

私は今はもうすっかり大人になり、いろいろと諦めたり悟ったり鈍くなったり、コンプレックスにひどく悩むことはなくなりましたが（残念ながらコンプレックスがなくなったわけではありません笑、まだまだ修行が足りないのでしょう）、学生のころは、美雨ほどではないものの、自分の嫌な部分が目について落ち込んだり、自分にないものや自分の憧れているものを持っている人を羨《うらや》んだりしていました。

私がこの物語を思いついたきっかけは、私がテレビで拝見していて、とても独特なアンニュイな雰囲気があって魅力的で素敵だなと思っていた女優さんが、まさに私が魅力的だと思っていた部分について、コンプレックスだと語っていたことでした。

その女優さんがテレビドラマや映画の世界で活躍しておられるのは、もちろん多くの視聴者がその方のことを素敵だと感じている証拠だと思うのですが、本人にとってはそうではないということに驚きました。

　きっと同じようなことは世の中にたくさんあるのではないでしょうか。本人にとっては『人とはちがう』という理由で劣等感の源になっているものが、一部の他人から見れば『人とはちがう』からこそ非常に魅力的な個性に感じられるということもあると思います。


　そうは言っても、やっぱり自分にないもの、自分のほしいものを持っている人は羨ましく感じてしまうし、ときには妬んでしまうものです。

　だから、自分の『人とはちがう』をこれまでとは別の視点からとらえられるようになるためのきっかけとして、美雨には、映人と知奈という、これまで関わってきた人とはちがう視点を持った存在と出会ってもらいました。

　美雨はこれから少しずつ自分の魅力に気づき、自分で自分を受け入れられるようになっていくでしょう。

　いつかあなたにも、あなたにとっての映人や知奈のような存在との出会いが訪れますように。

二〇二一年一〇月　汐見夏衛

汐見夏衛先生への
ファンレター宛先

〒104-0031東京都中央区京橋1-3-1
八重洲口大栄ビル7F
スターツ出版(株)書籍編集部気付
汐見夏衛 先生

雨上がり、君が映す空は
きっと美しい

2021年10月25日初版第1刷発行
2024年6月12日　　第10刷発行

著　者　汐見夏衛

発行者　菊地修一

発行所　スターツ出版株式会社
〒104-0031東京都中央区京橋1-3-1
八重洲口大栄ビル7F
出版マーケティンググループ
TEL03-6202-0386（注文に関するお問い合わせ）
https://starts-pub.jp/

印刷所　株式会社 光邦
Printed in Japan

DTP　久保田祐子

編　集　相川有希子

ISBN　978-4-8137-9080-8　C0095

今話題の
汐見夏衛が贈る、青春恋愛小説
続々重版中！
夜が明けたら、いちばんに君に会いにいく
汐見夏衛・著
定価：1320円
（本体1200円＋税10%）
思いもしなかったんだ。
私の世界が変わるなんて。
私の死にかけた心をはげしくゆさぶったのは、君でした。
ある事情から優等生を演じている茜。そんな茜を見抜くように、隣の席の青磁から「嫌いだ」とはっきり言われショックをうける。自由奔放な彼を嫌っていた茜だけど、孤独と窮屈さでどうしようもなくなっていた自分を救ってくれたのは、青磁だった。青磁の隣で過ごす時間は、茜の気持ちをゆっくりと溶かしていき…。少年の秘密とタイトルの意味を知った時、涙が止まらない！
ISBN：978-4-8137-9011-2
感動の声、続々！
何度も壁にぶつかることがあるけど、この本を読んだら吹っ切れる気がします！
（ニーナさん）
読み終わったとき、気づいたら涙が出ていて、自分でもびっくりしました。
（＊星屑＊さん）